Roberto Arlt

El criador
de gorilas

Barcelona **2023**
Linkgua-ediciones.com

Créditos

Título original: El criador de gorilas.

© 2023, Red ediciones S.L.

e-mail: info@linkgua.com

Diseño de cubierta: Michel Mallard

ISBN rústica: 978-84-9953-086-4.
ISBN ebook: 978-84-9953-085-7.

Sumario

Brevísima presentación

La vida

Roberto Arlt (Buenos Aires, 2 de abril de 1900-26 de julio de 1942). Argentina.

De padre prusiano, Karl Arlt, y madre italiana, Ekatherine Iostraibitzer, tuvo dos hermanas que murieron de tuberculosis.

Arlt practicó muy variados oficios. Fue, entre otras cosas, periodista ayudante en una biblioteca, pintor, mecánico, soldador y trabajador portuario.

La factoría de Farjalla Bill Alí

Los que me conocían, al enterarse de que iba a trabajar en el criadero de gorilas de Farjalla Bill Alí se encogieron compasivamente de hombros.

Yo ya no tenía dónde elegir. Me habían expulsado de los más importantes comercios de Stanley.

En unas partes me acusaban de ratero y en otras de beodo. Mi último amo al tropezar conmigo en la entrada del mercado, dijo, comentando irónicamente mi determinación:

«No enderezarás la cola de un galgo aunque la dejes veinte años metida en un cañón de fusil.»

Yo me encogí de hombros frente al pesimismo que trascendía del proverbio árabe. ¿Qué podía hacer? En África uno se muere de hambre no solo en el desierto sino también en la más compacta y vocinglera de las selvas. Allí donde verdea el mango o ríe el chimpancé, casi siempre acecha la flecha venenosa.

En la factoría de Farjalla Bill trabajaba como tenedor de libros. El canalla de Farjalla no solo explotaba un provechoso criadero de gorilas, sino también una academia de elefantes jóvenes. Allí se les enseñaba a trabajar. El mercader vendía con excelente ganancia los elefantes domesticados y gorilas. Disponía de varias leguas de selva y de numerosos rebaños de esclavos. Como éstos eran sumamente torpes para dedicarlos a la educación del elefante, se les utilizaba en los trabajos penosos. Las negras, generalmente, en la factoría se dedicaban a nodrizas de los gorilas huérfanos, debido a que los monos adultos morían de tristeza al verse privados de su libertad. Los gorilas recién nacidos y huérfanos requerían atenciones extraordinarias para alimentarlos, porque con su olfato delicado percibían la diferencia que había entre sus madres y las negras. Además, las pequeñas bestias son terriblemente celosas y no toleran que la esclava amamante a su propio hijo. Como Farjalla Bill Alí no se mostraba en este particular sumamente cuidadoso, una negra llamada Tula, que trajo su pequeño al criadero, sin poderlo impedir, vio cómo el gorila a cuyo cuidado estaba estrangulaba al niño.

Aquello originó un drama. El padre de la criatura, un negro que trabajaba en el embarcadero de la ciudad, al enterarse de que su hijo había perecido entre las zarpas de un gorila, se presentó en el criadero, tomó la bestia por una pata y le cortó la cabeza. Gozoso de su hazaña, se presentó con la cabeza del gorila en el puerto.

Rápidamente Farjalla Bill Alí fue informado del perjuicio que había sufrido. Farjalla acudió al embarcadero. Desde lejos era visible la cabeza del mono, colocada sobre una pila de fardos de algodón. Farjalla apareció «como la cólera del profeta», según un testigo. No pronunció palabra alguna, desenfundó su gruesa pistola y descerrajó en la cabeza del marido de Tula todos los proyectiles que cargaba el disparador. En mi calidad de capataz de descarga de otro comerciante, fui testigo del crimen. Prácticamente el negro quedó sin cabeza. En el proceso que se le siguió a Farjalla, éste salió absuelto. Los testigos depusieron falsamente que el árabe tuvo que defenderse de una agresión del negro. Entre los testigos inicuos figuraba yo. Mi patrón, que entonces estaba interesado en la compra de colmillos de elefantes, había vinculado sus capitales a la empresa de Farjalla, y me obligó a declarar que el negro había intentado agredir al árabe con un gran cuchillo. Durante el proceso, la cabeza del gorila decapitado figuró como importante pieza de convicción.

De más está decir que durante la sustanciación de la causa Farjalla Bill Alí no estuvo un solo día detenido. Hora es, por lo tanto, que presente al principal personaje de la historia.

Farjalla Bill Alí era un canalla nato. Tenía antecedentes y no podía desmentirlos. El abuelo de su madre había sido ahorcado en el mastelero de una fragata por tratante de esclavos. El padre de Farjalla fue asesinado por un mercader. La madre de Farjalla se dedicó durante bastante tiempo a la trata de ébano vivo. Un elefante enfurecido durante una siesta, la mató a colmilladas. Farjalla continuó en el oficio.

Era él un congolés alto, flaco, de nariz ganchuda. Pertenecía al rito musulmán. Ornamentaba su cabeza un turbante de muselina amarilla, y jamás nadie le vio desprovisto de su recio látigo. Azotaba por igual a blancos y negros. Cierto es que cuando un blanco llegaba a trabajar para Farjalla, había alcanzado su degradación más completa. Después de la factoría estaba el presidio.

Él conocía mis antecedentes. Cuando me presenté a Farjalla para pedirle trabajo, ordenó que me entregaran una botella de whisky y me despidió diciéndome:

—Ve y emborráchate. Después hablaremos.

Estuve tres días ebrio. Al cuarto, una lluvia de puntapiés que recibí sobre las costillas me despertó. De pie junto a mí, frío y adusto, permanecía el tratante. Me levanté dolorido mientras que el bellaco me preguntaba:

—¿Vas a dormir hasta el día del juicio final? Ven al almacén. Es hora de que te ganes tu pan.

Así me inicié en su factoría. Pero nuestras relaciones no podían marchar bien. Un día que salimos por el río cerca de los llamados «rápidos de Stanley» en busca de un cargamento de marfil, después que hubimos adquirido la mercadería y en momentos que los «cazadores» wauas, en sus piraguas, efectuaban en torno de nosotros un simulacro de danza náutica, Farjalla quiso apoderarse por la violencia de una esclava que yo había canjeado por una pistola automática. Farjalla alegaba que yo no podía adquirir mercadería de ninguna especie mientras trabajaba a sus órdenes. Alegó que si los cazadores me vendieron la esclava era en razón del prestigio de Farjalla. Evidentemente, el negro procedía de mala fe. Yo era un blanco, y a mi compra de la negra no podía oponerse ningún derecho.

Entonces Farjalla, irritado, me respondió que jamás toleraría que la negra viviera en la factoría.

Yo le respondí que de ningún modo pensaba llevar a mi esclava a su ladronera. Cuando pronuncié esta última palabra la irritación de Farjalla subió tal que inclinándose sobre mí, y antes que pudiera adivinar su intención, me escupió a la cara.

¡Dios de los dioses! Dispuesto a romperle los huesos me abalancé sobre él, pero Farjalla me lanzó tal puntapié en la boca del estómago que caí desvanecido en el fondo de la barca.

Cuando desperté de los efectos del golpe, del aguardiente de banana y del cansancio, mi esclava había desaparecido. Me encontraba cesante e ignominiosamente vapuleado.

Los negros me miraban irónicamente. Comprendí que estaba perdido si no me reconciliaba con Farjalla Bill Alí.

Tragando mi odio, labio sonriente y corazón traicionero, me dirigí a la factoría. El árabe despotricaba entre sus cargueros. Apenas si se dignó contestar a mi saludo. Yo entré en el escritorio del almacén como si nada hubiera sucedido.

Desde entonces mis relaciones con el mercader fueron odiosas. Él me consideraba un esclavo despreciable; yo un hombre a quien mi venganza algún día haría rechinar los dientes.

Pero está escrito que los caminos del perverso no van muy lejos.

Pocos días después de los acontecimientos que dejo narrado murió en la factoría un gorila adulto que debíamos remitir al jardín zoológico a Melbourne. Farjalla, que por negligencia aplazaba el envío, se daba a todos los diablos, resolvió enviar en su lugar un chimpancé que estaba al cuidado de Tula, la mujer del negro que Farjalla había asesinado a tiros. Tula estaba sumamente encariñada con el pequeño mono. El chimpancé la seguía como un chicuelo travieso sigue a su madre. Cuando la viuda se enteró de que el mono iba a ser remitido a un jardín de fieras, se echó a llorar desconsoladamente. Era cosa de ver y no creer cómo la negra tomaba al chimpancé y le atusaba el pelo y lo apretaba contra su pecho llorando, mientras que el mono, con expresión compungida, miraba en rededor, acariciando con sus largos dedos sonrosados y velludos las húmedas mejillas de su madre adoptiva.

Farjalla Bill Alí era un hombre a quien no enternecían las lágrimas ni de un millón de negras.

Partiríamos al día siguiente para la ciudad de Stanley. En el mismo camión llevaríamos al gorila muerto, al chimpancé vivo y a la negra. El chimpancé lo enviaríamos desde la ciudad de Melbourne. En cuanto al gorila muerto la negra se quedaría con él junto a una termitera.

Camino a Stanley, y poco menos que a dos leguas de la factoría se descubría un trozo de selva diezmado por las termites u hormigas blancas. Allí, en el claro terronero requemado por el Sol levantábanse una especie de menhires de barro de cinco a siete metros de altura. Estos monumentos huecos eran los nidos de las termites. Farjalla tenía la costumbre, cuando se le moría un animal exótico, de vender el esqueleto. En Stanley vivía un hombre que compraba los esqueletos de gorilas para remitirlos a Londres. Probablemente los esqueletos estaban destinados a establecimientos educativos.

Con el fin de evitar el proceso de descomposición natural, Farjalla, de acuerdo a las costumbres del país, llevaba el cadáver hasta la termitera, y con un mazo abría un agujero en el nido. Inmediatamente hileras compactas de termites cubrían el muerto abandonado sobre el agujero. En pocas horas el esqueleto quedaba perfectamente mondado.

Y no dejaré de añadir que hasta hacía pocos años los traficantes de esclavos castigaban a los negros muy rebeldes untándolos con miel y amarrándolos a uno de estos hormigueros.

Cargamos el gorila muerto en el viejo camión del mercader. Luego la negra y el chimpancé. Yo iba junto al árabe que conducía el volante. Quiero hacer constar que nosotros éramos las únicas personas que quedaban en la factoría. Todos los servidores se habían concentrado en el Norte para dar caza a una pareja de leones que la noche anterior devoraron un buey. Los hombres, armados de largas lanzas para cazar elefantes, seguidos de sus mujeres y sus hijos, se habían internado en la selva.

Salimos con el Sol hacia la ciudad de Stanley. Torbellinos de mariposas multicolores se desparramaban por el camino. Aunque el camión se deslizaba rápidamente, nos sabíamos vigilados por todos los ojos del bosque. De pronto, Farjalla, sin apartar los ojos del volante, me dijo:

—Búscate otro amo. No me sirves.

—Bueno —respondí.

Tras nosotros se oía el llanto de la negra abrazada a su chimpancé. Eran unos sollozos sordos. Por entre unas tablas se distinguía a la mujer abrazando tiernamente a la bestia, y el mono, con expresión compungida, miraba en rededor, brillantes los ojos lastimeros. La negra acariciaba la cabeza del chimpancé, que inspeccionaba el rostro de su madre adoptiva con perpleja vivacidad. No sabía de qué peligro concreto defenderla.

—¡Calla esa boca! —rezongó el mercader dirigiéndose a la esclava sin mirarla, porque cuando manejaba le concedía una importancia extraordinaria a esta operación. Tratando de fingir sumisión, le dije:

—Siento no haberte podido servir.

El árabe se limitó a contestarme:

—No sirves ni para cortar las babuchas de un vagabundo.

La negra, abrazada al pequeño chimpancé, había comenzado otra vez a llorar. Súbitamente salimos de la sombra verde. Arriba estaba el cielo. Frente al claro requemado por el Sol, las termites habían levantado sus rugosos bloques pardos. En el remate de algunos de estos nidos gigantes brotaban matas de hierba.

Con rechinamiento de herrería se detuvo el camión. Cogí la maza y me dirigí a un hormiguero tres veces más alto que yo. Parecía un tronco desgastado por la tempestad. La negra cargó con el bolsón con el gorila muerto, y trabajosamente, agobiada, se dirigió a la termitera. Tras ella, chueco, mirándome resentido, caminaba el pequeño chimpancé.

Levanté la maza y la descargué sobre la base del hormiguero. El hormigón del nido no cedió. Farjalla se acercó, yo levanté la maza, y antes que él pudiera evitarlo, le descargué un vigoroso puntapié en la boca del estómago. El mismo puntapié que él me había dado en el bote, el día de la fiesta negra en los «rápidos de Stanley». Farjalla se desplomó. Le dije a la esclava:

—Trae el gorila.

La mujer dejó caer pesadamente la bestia muerta junto al tratante de esclavos. Sin perder tiempo, le despojé de su turbante, y con la larga tira de muselina lo amarré de pies y manos. Luego descargué otro mazazo en la termitera, y un trozo de corteza se hundió definitivamente, dejando ver el interior plutónico, sembrado de negros canales por los que se deslizaba febrilmente una blancuzca humanidad de hormigas grises.

—¡Ayúdame! —le grité a la negra.

La esclava comprendió. Levantando al gorila muerto amarrado al traficante, empujamos los dos cuerpos sobre la termitera. La mujer lanzó algunos gritos guturales, el pequeño chimpancé corrió hacia ella y se pegó a su flanco tomándole la mano.

Ella, riéndose, con los labios entreabiertos, se quedó contemplando la hervorosa grieta de la termitera. Millares y millares de hormigas rabiosas cubrían de una sábana gris los dos bultos. La chilaba de Farjalla y el velludo cuerpo del gorila quedaron revestidos de una costra movediza y cenicienta que se ajustaba constantemente a las crecientes desigualdades de aquellos cuerpos.

14

La negra y su hijo adoptivo miraban aquel final.

Yo tomé la botella de whisky que había quedado debajo del cajón del asiento del camión y le dije a la esclava:

—Es mejor que te vayas y no vuelvas más.

La mujer, tomando apresuradamente la mano del mono, se dirigió al bosque. Les vi por última vez cuando entraban en el linde de la muralla vegetal.

El pequeño chimpancé, tomado de su mano, volvía la cabeza hacia mí como un chicuelo resentido. Y, oculto ahora tras unos cactos, aguardaba el momento de subir al caballo que había escondido la noche anterior. Tula apartó unas ramas y se hundió en lo verde. Yo monté a caballo y regresé a la factoría para probar la coartada, mientras que allí, bajo el Sol se quedó Farjala Bill Alí. Las hormigas se lo comían vivo.

Halid Majid el achicharrado

Una misma historia puede comenzarse a narrar de diferentes modos y la historia de Enriqueta Dogson y de Dais el Bint Abdalla no cabe sino narrarse de éste:

Enriqueta Dogson era una chiflada.

A la semana de irse a vivir a Tánger se lanzó a la calle vestida de mora estilizada y decorativa. Es decir, calzando chinelas rojas, pantalones amarillos, una especie de abullonada falda-corsé de color verde y el renegrido cabello suelto sobre los hombros, como los de una mujer desesperada. Su salida fue un éxito. Los Perros le ladraban alarmados, y todos los granujillas de las fortificaciones del zoco la seguían en manifestación entusiasta. Los cordeleros, sastrecillos y tintoreros abandonaban estupefactos su trabajo para verla pasar.

El capitán Silver, que embadurnaba telas de un modo abominable, hizo un retrato de Enriqueta Dogson en esta facha, y para agravar su crimen, situó tras ella dos forajidos ventrudos, cara de Luna de betún y labios como rajas de sandía. Semejantes sujetos, vestidos al modo bizantino, podían ser eunucos, verdugos, o sabe Alá qué. Imposible establecer quién era más loco, si el pintor Silver o la millonaria disfrazada.

Enriqueta Dogson envió el retrato al bufete de su padre, en Nueva York. El viejo Dogson, un hombre razonable, se echó a reír a carcajadas al descubrir a su hija empastelada al modo islámico, y dirigiéndose al doctor Fancy le dijo:

—¿De dónde habrá sacado semejante disfraz esta muchacha? Le juro, mi querido doctor, que ni registrando con una linterna todos los países musulmanes descubriremos una sola mujer que se eche a cuestas tal traje. Es absurdo.

Dicho esto, el viejo Dogson meneó la cabeza estupefacto, al tiempo que risueñamente se decía que el disfraz de su hija podía provocar un conflicto internacional. Luego se encogió de hombros. Los hijos servían quizás para eso. Para divertirle a uno con las burradas que perpetraban.

El que no se encogió de hombros fue el anciano Faraj el Bint Abdalla.

Faraj el Bint Abdalla estaba amostazado. En Tánger no se hacía otra cosa que murmurar del enamoramiento de su hijo Dais con esa extranjera fantasiosa.

Un amor con una musulmana es el ideal de todo europeo. Una intriga con un árabe, el más glorioso recuerdo que puede llevarse una muchacha occidental. Enriqueta Dogson era consecuente con este punto de vista. Se podían ver fotografías de ella en compañía de Dais el Bint Abdalla. En la orilla del Mediterráneo, sobre las murallas, recostada a lo largo de los antiguos cañones portugueses, con Dais el Bint Abdalla sentado melancólicamente a su lado. También aparecía Enriqueta en el palacio del ex sultán, con el joven Dais a su lado; a la entrada de la mezquita, con el joven Dais sentado a sus pies; en una grada del pórtico, en el zoco, con el joven Dais ofreciéndole un ramo de rosas; bajo un grupo de palmeras, más allá de la «Puerta del Castigo». Aquello era sencillamente delicioso.

Realmente, al viejo Faraj el Bint Abdalla no le faltaban razones para andar amostazado.

El joven Dais el Bint Abdalla se había ido enamorando. Secretamente pensaba en renunciar a la religión musulmana, en cambiar la chilaba, las babuchas y el fez por un correcto traje europeo y un hongo discreto, y abandonar a su familia para ir en seguimiento de Enriqueta Dogson. Tales disparates pensaba muy secretamente y con temor oscuro, porque no había podido olvidar ciertos versículos del Corán que en su instancia le habían valido buenas tandas de palos en la planta de los pies, y el Corán estaba incrustado en su vida, y no dejaba de comprender que estaba acercando su vida a una peligrosa playa ignorada.

El viejo Faraj el Bint Abdalla le vigilaba con los ojos bien abiertos.

Sin pérdida de tiempo le escribió a su corresponsal en la isla de Java, en Bali, y un mes después recibió una respuesta afirmativa. Podía enviar su hijo a Java. Se haría cargo de él su amigo el usurero Hassan. Cierto es que el Corán prohíbe terminantemente la usura; pero esto es con los musulmanes, y el astuto Hassan, en la isla de Java, ejercía la usura no con los musulmanes sino con los infieles, es decir, con los campesinos chinos y budistas. El Corán no prohíbe beneficiarse con la hacienda de los incrédulos.

El viejo Faraj, una vez recibida la respuesta de Java, llamó a su hijo Dais a la sala de ablusiones de su casa, y sentado frente a él, mientras el joven permanecía respetuosamente de pie, le dijo:

—Sé que te has enamorado de una perra infiel. ¿Pretendes que la cólera de Alá ruede sobre nuestras cabezas? ¿Sabes tú lo que encierran los sesos de carnero de una mujer extranjera a tu raza y a tu religión? ¿De una mujer que se pasea semidesnuda entre los hombres, mostrándoles sus piernas y su rostro y bebiendo como una mula, no agua, sino licores?

Dais el Bint Abdalla permanecía silencioso, como cuadra a un buen hijo.

El viejo Faraj continuó:

—Te has enredado como un camello en tus propias cuerdas. ¿Has olvidado la dignidad que te debes a ti mismo y a tu familia y los peligros que encierra para un piadoso creyente el reiterado trato con una mujerzuela oriunda sabe Alá de qué familia? Prepara tu equipaje y apréstate a partir para Java. Irás a trabajar a la casa de mi amigo Hassan, el prestamista. Pero antes de salir, ve a la casa de Hacmet y dile que te haga conocer a su abuelo. Y que su abuelo te muestre su cuerpo desnudo.

Por primera vez, Dais abrió la boca asombrado:

—¿Que su abuelo me muestre su cuerpo desnudo?

—Sí; que su abuelo se desnude frente a ti y te muestre su cuerpo. Vete ahora. Y no te olvides. Te haré apalear como a un esclavo si alguien me informa que te ve en compañía de esa maldición de Alá.

Dais se inclinó respetuosamente. Estaba perdido.

No le quedaba otro recurso que matarse o partir para Java. Lo pensaría. ¡Ah! Y antes, visitar la casa de Hacmet y decirle que su padre le había dicho que le hiciera conocer a su abuelo. Pero a su abuelo desnudo. ¡Eso sí que era una ocurrencia! El joven Dais retrocedió espantado cuando el viejo Halid Majid terminó de desnudarse, y abriendo una ventana se mostró a la claridad del Sol.

El cuerpo del viejo estaba surcado de terribles cicatrices. Semejantes a un follaje de piel roja y brillante, se extendían irregularmente por todos sus miembros. Esas cicatrices y costurones abarcaban su rostro, sus labios, sus párpados, sus brazos.

Era como si el cuerpo de aquel hombre hubiera pasado a través de un engranaje terrible que, sin hacerle perder su forma humana le hubiese desgarrado con sus dientes. No había una pulgada de epidermis en aquel anciano que no estuviera señalado por la misteriosa tortura. Esta le daba la apariencia de un monstruo chino. Una vez que el viejo creyó haber sido contemplado lo suficiente por el joven Dais, le dijo:

—Siéntate, hijo de Faraj, y escucha atentamente mi historia. Estas son las desgracias que les ocurren a los musulmanes que se acercan a las mujeres que no son de su raza. Cuando me hayas escuchado, el camino del deber aparecerá recto y fácil ante tus ojos. ¿Me escuchas, hijo de Faraj?

—Sí, señor; te escucho.

«En nombre de Alá, el Clemente, el Misericordioso: Hace ochenta años. Yo entonces tenía veinte años. Mi padre me envió a la ciudad de Singaragia, en la isla de Java. No sé si tú sabrás que su población se compone en su mayor parte de malasios infieles, de chinos hediondos y de budistas cuya indecencia llega a extremos que no puedes imaginarte. Era mi amo un hermano de mi padre. Aparte de traficar con nidos de golondrina, a los cuales son muy aficionados los chinos, se dedicaba al préstamo como a la compra de telas baticadas, que son unas telas sumamente floreadas por las que pierden la cabeza los javaneses más sensatos.

»Mi tío tenía su tienda al final de una calle en la que podían verse altas pértigas de cañas de bambú adornadas en su extremo de manojos de plumas de colores. Por esta calle pasaban hacia sus posesiones del campo los chinos principales, muy tiesos en sus literas doradas conducidas por coolies. También pasaban mujeres, con medio cuerpo desnudo y el rostro descubierto, conduciendo sobre la cabeza redondas bandejas de piñas y plátanos, que parecían ciempiés por los innúmeros rayos de palma que de ellos partían.

»Yo estaba asombrado de todo aquello que mis ojos veían, y nada igualaba a mi agrado como el poder pasearme por entre las bajas montañas, de las que bajaban como grandes escalones las terrazas de los arrozales. También acudía a las riñas de gallos, por las que enloquecen los jóvenes, o me sentaba en unas piedras excavadas que ellos llaman las «sillas de Shiva», escuchando la música que hacía el viento al pasar por unas inmensas arpas de bambú que los nativos de esos parajes colocan en sus sembradíos para ahuyentar a los pájaros que destrozan sus cosechas.

»No vivía sino pasando de un asombro a otro. Solía también pasearme por el mercado, donde había infinita variedad de infieles, algunos con los dientes laqueados de negro, otros con la cabeza rapada, los dientes limados y las narices perforadas, así como chinos de túnicas floreadas, sacerdotes con mantos amarillos, cingaleses conduciendo vacas gibosas y campesinos seguidos de sus lagartos domesticados.

»Estando una mañana en el mercado, vi una mujer que me llamó la atención. Era alta, majestuosa; su cuerpo estaba envuelto en una sola pieza de tela floreada y su cabeza adornada de una corona de flores. Iba descalza, como acostumbraban las mujeres de aquel país, y cuando me vio arrimado a la tienda de un mercader de flores, me echó tal mirada que mis huesos se echaron a temblar. Un mal genio me inspiró a seguirla. Eché a caminar tras ella, hasta que entró en una casa en cuyo portal cosía prendas un sastrecillo. La desconocida, antes de entrar al portal, se volvió y me sonrió de tan arrebatadora manera, que súbitamente creí que el día se había convertido en noche y que mi vida quedaba caída a la misma entrada del portal.

»Al día siguiente volví al mercado, y a la misma hora llegó la desconocida, que se detuvo en el puesto de una mujer que mercaba legumbres. Yo, indeciso y tímido, permanecí a alguna distancia de ella, pero pronto la desconocida me descubrió y volvió a sonreírme. Yo iba a acercarme a ella, pero la vendedora de legumbres me hizo un gesto y comprendí que tenía algún mensaje que transmitirme. Cuando me acerqué a su puesto, me dijo que su compradora se llamaba Turey y que era esposa de Moana, el sastrecillo. Turey le había dicho que gustaba de mí, y que aquella noche, cuando los vigilantes golpean en los tambores de madera la hora primera, me acercara al portal donde podría hablarme, pues a esa hora el sastrecillo, fatigado por las labores del día, dormía profundamente.

»Ansiosamente esperé la noche, y llegó la noche, y después la hora primera. Cautelosamente me acerqué al portal, cuya puerta estaba entreabierta. Allí me aguardaba Turey. Me dijo que con riesgo de su reputación se atrevía a hablarme. Yo le agradaba mucho. Su marido, el sastrecillo Moana, pertenecía a la religión brahmánica, pero ella no sentía ninguna atracción hacia él.

»Desde aquella noche continuamos viéndonos siempre. Entrada la oscuridad, yo me deslizaba hacia el portal que ella dejaba entreabierto, y mientras el sastrecillo dormía, nosotros vivíamos nuestra felicidad.

»De esta manera transcurrieron algunos meses. Dicen los sabios que el placer sacia al hombre y encadena a la mujer. Una noche, mientras conversábamos en el portal, Turey me preguntó si yo me casaría con ella si su marido llegara a morir. Irreflexivamente le respondí que sí; pero luego, atacado por un escrúpulo que me produjo el recuerdo de una bárbara costumbre practicada en aquel país, le pregunté:

»—Pero, dime, en este país, ¿las viudas no están condenadas a la hoguera?

»—Sí —me respondió Turey—. Algunas mujeres practican aún esa costumbre; pero ella queda para las viudas que no quieren cambiar de religión; que las que abandonan el brahmanismo y se hacen musulmanas no marchan a la hoguera, aunque el deshonor caiga sobre ellas y su familia y parientes la repudien.

»Una esclava que se acercó a ella en aquel momento interrumpió nuestra conversación y yo tuve que marcharme.

»Volvimos a vernos otras veces, y Turey no recordó más la propuesta que me hizo aquella noche; pero una vez que llegué al portal, aunque lo encontré entreabierto, Turey no estaba. Pensando que me convenía aguardar, me senté allí, y Turey no tardó en aparecer.

—Escúchame —me dijo—. Es tanto lo que deseaba vivir a tu lado, que esta noche he envenenado a mi marido. Él acaba de morir. Está allá arriba, en su cama. Nadie sospechará que lo he matado, porque el veneno que le he dado no mancha el cuerpo.

Ahora nadie podrá impedirme estar a tu lado. De modo que cuando pasen algunos días, me casaré contigo y adoptaré tu religión.

»Escuchándola, mi corazón se aterrorizó secretamente. Jamás supuse que esa mujer fuera capaz de envenenar al inocente sastrecillo. Me dije, razonablemente, que bien pudiera ser que mi destino fuera morir también envenenado a manos de Turey si la casualidad ponía en su camino a otro hombre que le agradara más que yo. Sin poder detenerme, no le oculté mi repulsión por el crimen que había cometido. Le dije que aquélla era la última vez que nos veíamos, y que no se acercara nunca más a mí porque si no la denunciaría a la justicia del Sultán por el delito cometida.

»Turey escuchó en silencio mis palabras, y yo sentí que sus ojos me atravesaban el corazón como dagas envenenadas. Sin saber por qué, en ese momento entró un miedo pánico en mi entendimiento.

Sin poderme reportar, me aparté corriendo del portal. Parecíame que la misma sombra del sastrecillo recién asesinado me amenazaba de terrible muerte o me previniera de un suceso peor aún.

»Aquella noche no pude conciliar el sueño. Pensaba que en cierto modo yo era el culpable del triste fin de Moana y que el día del Juicio Final me sería pedida cuenta de su tremenda suerte. Desvelado con tan siniestros pensamientos, vi llegar el amanecer; y cuando entré en la tienda de mi tío, éste me dijo:

—¿No sabes la novedad? Anoche murió Moana, el sastrecillo. Su viuda ha manifestado el deseo de morir en la misma hoguera que carbonice el cuerpo de su marido. Realmente, estas mujeres bárbaras dan muestras a veces de una fidelidad que ni entre los mismos creyentes se encuentra para raro ejemplo.

»Si bien me espantó el fin del sastrecillo, más aún me asombró el propósito de Surey. ¿Qué se proponía al manifestar su voluntad de morir en la hoguera? ¿Hacerse perdonar por el dios de sus creencias el mortal pecado que había cometido?

»Aunque mozo irreflexivo, adivinaba que un destino grave había caído sobre mi cabeza. En pocas horas, con mi conducta licenciosa había provocado la muerte de un honesto cortador de prendas, y ahora el suicidio de su arrepentida viuda. Indudablemente que algún día el Ángel de la Muerte me pediría cuentas de semejantes desaguisados, y no terminaba de jurarme a mí mismo que jamás volvería a fijar los ojos en la mujer del prójimo, cuando inopinadamente apareció la esclava de Turey, quien, dirigiéndose a mí, me dijo:

»—Mi señora manda a decirte que de acuerdo con las costumbres del país, su difunto marido será quemado en una hoguera, y que ella, como cuadra a una viuda honesta, se precipitará en la hoguera.

Díjome también que te diga que le agradaría mucho verte en el cortejo de los que la despidan de esta vida.

»Yo me estremecí de horror frente al sacrificio casi inevitable. Sin embargo, para calmar mis remordimientos, me decía que Turey, llegado el momento, no se atrevería a arrojarse entre las llamas, y dejé que su esclava se retirara, después de prometerle que cumpliría con mi deber e iría a verla morir.

»Por la tarde, lívido como el mismo muerto a quien llevaban a quemar a una hoguera que se encendería en el bosque, me incorporé al cortejo funesto.

»Rodeada de los malditos sacerdotes brahmanes y de viejas desgreñadas, que más parecían fieras carniceras que seres humanos, marchaba Turey con el rostro rayado de sangrientos arañazos y los ojos hinchados por interminable llanto. Yo la miraba sin acertar a comprender cómo era posible que amando tanto la vida y el placer diera su vida por un ser que cuando estuvo vivo ella mató. A su lado, como protegiéndola de aquellos que podían persuadirla de que no llevara a cabo tan bárbaro propósito como el de quemarse viva, marchaban los parientes del sastrecillo, y todos la cumplimentaban por su conducta y fidelidad a las costumbres del país.

»Llegados al bosque los que formábamos el cortejo hicimos un círculo en torno de un monte de leña donde se abrasaría el muerto y se suicidaría su viuda. Yo no abandonaba la esperanza de que llegado el extremo momento Turey se negaría a arrojarse entre las llamas. A todo esto, los sacerdotes colocaron el cadáver del sastrecillo sobre los maderos regados de aceite y un monje encendió la pira: Una rápida llamarada envolvió el montecillo de madera. Turey, separándose del cortejo, echó a caminar en torno de la hoguera para buscar el lugar más bajo y entrar en ella. Se acercó a mí. Yo iba a recibir su postrer saludo... ¡Horror!... De pronto me sentí agarrado por los ganchos de sus manos y arrastrado con infernal violencia al centro del brasero. Rodamos encima de las brasas. Yo profería terribles gritos, tratando de librarme del mortal abrazo de ese monstruo, cuya venganza era manifiesta ahora. Las llamaradas lamían mi cuerpo y mi túnica ardía rápidamente. De pronto, los brazos de la horrible mujer que me mantenían pegados al fuego se aflojaron, y con mis vestiduras incendiadas, achicharrado vivo, me arrojé fuera de la hoguera y caí desvanecido sobre la hierba del prado.

»¿Con qué palabras contarte mis terribles sufrimientos? ¡Oh, hijo de Faraj! Me sumergieron en un barril de aceite, donde durante muchos días y muchas noches creí que los sufrimientos terminarían por hacerme perder la razón. Mi tío, mis amigos, nadie creía que resistiría las graves quemaduras que me desfiguraban el cuerpo. Sin embargo, poco a poco fui reponiéndome, y aunque el fuego de la hoguera me había transformado en un monstruo, no pude menos de darle las gracias a Alá por haberme inferido tan clemente castigo.

»Ahora ya lo sabes, hijo del amigo de mi hijo. No busques amor de mujer fuera de tu raza, de tu ciudad natal y de tu religión.»

Y ésta, aunque ingenua, fue la causa por la que Enriqueta Dogson, de la mañana a la noche, dejó de ver para siempre al joven Dais el Bint Abdalla, que, sin despedirse de ella, se embarcó para Java en busca del olvido de una pasión insensata.

Rahutia la bailarina

En el arrabal morisco de Tetuán, en la callejuela de Dar Vomba, precisamente junto a los arcos que la techan dándole la apariencia de un subterráneo azulado, vivía hasta hace pocos años Ibu Abucab, comerciante y fabricante de babuchas.

Algunos niños, de nueve y diez años, respectivamente, trabajaban para él. El babuchero era un hombre de baja estatura, morrudo, con ojos como manchados de leche y tupida barba sobre el pecho.

Ibu Abucab había repudiado a su esposa, Rahutia, cuando ésta cumplía dieciséis años. Sospechaba que ella, desde la terraza de su finca, le engañaba con su vecino Gannan, el platero.

Sin embargo, no había tenido oportunidad de olvidarla. Mientras los niños moros recortaban las sandalias, Ibu recordaba pensativamente el compacto cariño de Rahutia y sus caricias espesas. Ciertas imágenes le roían la conciencia como los agudos dientes de un ratón. Era aquélla una sensación de fuego y enloquecimiento que le cubría los ojos de blancas llamaradas de odio.

Rahutia, después de refugiarse en Fez, se dedicó a la danza. En pocos años se hizo famosa en todos los bebederos de té que se encuentran yendo de Uxda a Rabbat y de Tremecén hasta Taza, la vieja ciudadela de los bandidos.

Las danzas de esta mujer fea eran un temblor de rodillas y crótalos que exaltaban a los espectadores. Presagiaban la muerte y el zarpazo de la fiera.

Ibu Abucab odiaba a su mujer, pero la odiaba consultando sus intereses, y, precisamente, fueron sus intereses los que le impidieron cortarle la cabeza cuando sospechó de ella.

Ahora Ibu Abucab prosperaba. Dentro de algunos años, con ayuda de Alá, se enriquecería, y podría, como otros vecinos, mantener un harén. También la humillaría a Rahutia.

Pero una noche, a las diez, en el mismo momento que se disponía a cerrar su tienda, entró a ella un joven. Ibu Abucab comprendió que su visitante pertenecía a la aristocracia indígena, pues su chilaba era de muy fina lana, y de su espalda colgaba una capa con capucha revestida de seda. Una barba fina sombreaba el rostro del desconocido, que, llevándose las manos a los labios, saludó:

—La paz en ti.

—La paz.

El joven dijo:

—Tú no me conoces a mí, pero yo te conozco a ti. Soy hermano de El Mokri.

Ibu Abucab barruntó que tendría que tratar un asunto grave, y se excusó:

—Permíteme que cierre mi tienda, y estaré contigo.

Y acompañó a su visitante a la trastienda.

El joven dejó sus babuchas a la entrada, y avanzando descalzo por el suelo esterillado, se sentó en cuclillas en un cojín. Luego encendió un cigarrillo, y su mirada dura se paseó por la habitación revestida de tapices hasta la altura de sus hombros.

Nuevamente entró Ibu, y también descalzo, fue a sentarse frente al hermano de El Mokri. No sabía quién era El Mokri, pero su instinto le advertía que aquel joven sentado frente a él y fumando un cigarrillo egipcio podía tener influencia en su vida.

El comerciante inclinó la cabeza sobre el pecho y reposó las manos sobre el vientre. El otro dijo:

—Yo no imitaré a los gatos que rodean un pedazo de pescado y maúllan inútilmente... ¿Conoces a El Mokri?

Ibu Abucab tuvo que convenir que no conocía a El Mokri.

El joven, cruzado de brazos, reconsideró al comerciante. Por más que se esforzaba por ocultar el desprecio que le inspiraba ese hombre, la hostilidad traslucía de él. Finalmente exclamó:

—El Mokri murió por culpa de tu mujer Rahutia.

El babuchero repuso, fríamente:

—Rahutia no es mi mujer. Hace tiempo que la repudié a causa de su mala conducta.

El joven aclaró su posición en Tetuán:

—Mi hermana Fátima es «mulett ettal» del Califa. Habla con sinceridad: ¿Por qué no le cortaste la cabeza a tu mujer?

Ibu Abucab se mesó, pensativamente, la barba. De modo que el desconocido era hermano de una favorita del Califa. Aquel hombre podía hacerle mucho daño. Respondió con dignidad:

—Un humilde babuchero no puede manchar con sangre las esteras de su tienda.

El joven encendió otro cigarrillo, y continuó, obcecado:

—Por culpa de Rahutia, mi hermano ha muerto. Esa sepulturera ha hecho daño a muchos hombres.

El joven decía la verdad, aunque la cólera lo cegaba. Prosiguió:

—Allí tienes al hijo de Ber, enjuto como un perro, y loco como un camello cuando llega la primavera. Y también Alí, que ha despilfarrado en el Tremecen la hacienda de su padre... Tú no me conoces a mí, pero yo te conozco a ti.

El comerciante pensó que podía responderle a ese energúmeno que él no era Rahutia, pero las palabras del joven, en vez de ofenderle, despertaban el odio doloroso enterrado en el fondo de su pecho. En verdad que lamentaba ahora haber dejado con vida a aquella mujer, cuando un pocillo de veneno lo hubiera simplificado todo. El joven, pálido de ira, continuaba:

—¿No es una iniquidad que tales abominaciones ocurran y que la responsable sea la mujer de un babuchero?

Ibu Abucab miró el rostro del joven atormentado, y experimentó piedad por él. Repuso:

—¡Qué puedo hacer yo!... ¿No la he repudiado acaso por su mala conducta?

El joven insistió:

—Debiste haberle cortado la cabeza...

Melancólico, repuso el babuchero:

—Sí; pero no se la corté.

El joven insistió:

—¿Por qué no tomaste ejemplo del piadoso Mohamet, que mató a su mujer a palos cuando supo que le era infiel?

Dogmático, repuso el babuchero:

—El Profeta ha dicho que no debe golpearse a una mujer ni con una rosa.

El hermano de El Mokri repuso rápidamente:

—Cortarle la cabeza es diferente.

Ibu Abucab intentó la suprema defensa:

—Estaba escrito.

El visitante no se dejó apabullar por la respuesta:

—¿Puedes jactarte tú de haber amarrado al camello a una buena estaca?

Con esta frase de Mahoma el joven le quebraba las patas a la fementida teoría de la Fatalidad. En efecto, el Profeta ha escrito que el creyente no debe abandonarlo todo en las manos de Alá sino después de asegurarse que ha cumplido minuciosamente con todas las precauciones que un hombre precavido debe observar.

El babuchero comprendió que la Fatalidad marchaba a su encuentro. Entornó los ojos hacia los tapices del muro, y finalmente, descargando su pecho en un suspiro, preguntó:

—¿Que puedo hacer yo por tu hermano muerto y el honor de tu familia?

El visitante se puso de pie, aderezó la capa sobre su espalda, y con los ojos dilatados, acercando el rostro al pálido semblante del comerciante, dijo:

—Invítala a tu mujer que venga a tu tienda mañana a la noche... Dile que un hombre de Taza te ha ofrecido un collar de perlas. Ella es conocedora de piedras preciosas, y querrá verlo...

Salió el hermano de El Mokri... El comerciante se prosternó en dirección a La Meca, y comenzó devotamente su oración:

«En nombre del Clemente, del Misericordioso...»

Rahutia, la bailarina, había corrido a través de las decepciones con el mismo gesto doloroso de un guerrero que tiene las sienes atravesadas por una saeta.

Su corazón estaba empapado de odio a los hombres.

Era una mujer pequeña, sombría y delgada, de manos ardientes y labios fríos. Su rostro, endurecido por la adversidad, inspiraba respeto, pero cuando sonreía, súbitamente su alargado semblante se llenaba de tanta luz e ingenuidad que hasta a los granujas más recios les temblaban las manos. Había bailado en Taza, la ciudad de los bandidos; conocía todos los bebedores de té, desde Uxda a Rabbat, en Tremecen. Un cadí enloqueció al perderla. Aunque su carrera de bailarina había comenzado en los tugurios de Tánger, que están arrimados a las murallas de la época de la dominación portuguesa, su sensibilidad la había convertido en una danzarina que hacía aullar a las masas cuando se presentaba en los tabladillos.

¿Qué era lo que atraía de esa mujer fea? ¿Acaso su corazón, más seco que la arena, y un tedio cargado de versatilidad, o su enorme desprecio por el dinero, que la tornaba tan grande e inconquistable como el mismo Califa, que todos los viernes acudía a la mezquita, seguido de un escuadrón y un descabalgado caballo de guerra?

Esta era la mujer por quien se había perdido El Mokri. El Mokri había ido a Fez, encargado de una misión oscura acerca del Sultán. Conoció a Rahutia en un cabaret, y perdió la cabeza. Un mes después se ahorcaba en la casa de la bailarina.

Rahutia se encogió de hombros. Los hombres eran locos. Sufrían cuando eran felices por miedo a perder la felicidad. Ella no se encadenaría jamás a nadie.

Pero después de siete años volvió a Tetuán, a vivir en la entrada de la plazuela de la calle de Attarin del Suk el Fuki. ¿Qué era lo que la atraía de aquel espacio empedrado con guija de río?... Durante todo el día se oía disputar allí a las campesinas del Borch con los esclavos negros, cuyas motas estaban cubiertas por redecillas de conchas marinas. Las parras sombreaban con sus pámpanos las paredes encaladas y las piedras manchadas de aceite.

Rahutia vivía allí, a la entrada de un túnel, donde constantemente flotaba una crepuscular luz azul; en una casa cuya puerta de cedro estaba defendida por agudas puntas de hierro como la carlanca de un mastín. Frente a la casa, de las vigas que abovedaban la calle, colgaba un inmenso farolón de bronce, tallado al modo morisco. Servía a la bailarina una criada de color de chocolate, con la Luna y las estrellas tatuadas en la frente, en las mejillas, en el dorso de las manos y en los talones.

¿Por qué Rahutia había vuelto a Tetuán? Ella misma no hubiera podido contestarse a esta pregunta. La atraía el arrabal moruno, el batir de los tamboriles durante las noches de esponsales y la tristeza de la vida de todos aquellos esclavos, mientras que ella no era una esclava, sino que estaba libre, definitivamente libre...

El ex marido, el babuchero, no le inspiraba curiosidad ni odio. Era el hombre que acumula dinero, mueve parsimoniosamente la cabeza y trata de estar bien con todo el mundo porque así conviene a sus intereses. Sin embargo, Ibu Abucab debía despreciarla. Jamás había intentado comunicarse con ella. Bajo ese silencio, probablemente se consumía un amor humillado y cargado de rencor. Quizá la hubiera olvidado, pero cuando pensaba que a ese hombre de ojos lechosos le había regalado dos años de matrimonio, su sensibilidad se crispaba de soberbia y frialdad. No; Ibu Abucab no la olvidaría nunca.

De manera que aquella mañana soleada no se extrañó cuando después de muchos años, vio entrar a su casa a la vieja Menana, nodriza de su ex marido. La anciana, después de saludarla e informarse de un montón de bagatelas, fue al asunto:

—Ibu Abucab desea verte... Un hombre de Taza ha dejado en su tienda un collar de perlas, y quiere mostrártelo, pues sabe que tú entiendes de piedras preciosas, y él en cambio no conoce sino pellejos y babuchas.

Rahutia miró una mancha de luz sobre el alto muro encalado, luego fijó la mirada en su esclava, que derramaba un odre de agua en un ánfora de bordes dorados, y respondió, calmosa:

—Dile que iré esta noche...

Cuando Rahutia, en compañía de Ibu Abucab, pasó a la trastienda del comercio comprendió que no tendría que examinar ningún collar.

Un negro, con bombachas anaranjadas y chaleco verde, custodiaba la puerta por donde había entrado. Soportaba una alfombra arrollada bajo el brazo. Del centro de la alfombra salía la punta de una espada. En un cojín permanecía sentado el hermano de El Mokri. El joven no se dignó responder el saludo de la mujer, pero, dirigiéndose al babuchero, le dijo:

—Tú puedes aguardar afuera.

El babuchero salió sin pronunciar una palabra.

Rahutia miró en derredor. Estaba en presencia de misteriosos enemigos. El negro corrió la cortina de la entrada, y Rahutia, después de examinarle despectivamente, le preguntó:

—¿No eres tú el aguatero que chilla como una mujerzuela todas las mañanas frente a la tienda de Alí?

El negro no respondió una palabra. Bajo el sobaco soportaba la alfombra arrollada, de cuyo centro salía la punta de la espada.

El hermano de El Mokri intervino:

—¿Tú eres Rahutia, la bailarina?

Rahutia miró fríamente al joven:

—No has respondido a mi saludo ni me has ofrecido asiento. Tu apariencia es la de un señor, pero tu conducta es más grosera que la de un esclavo.

El joven se levantó, las mejillas ruborizadas de furor:

—Yo soy hermano de El Mokri, el hombre que por tu culpa se mató en Fez. Te he condenado, y he venido a cortarte la cabeza.

Rahutia avanzó serenamente hasta un cojín, se dejó caer allí, levantó los ojos hasta el pálido semblante del joven:

—¿De modo que tú eres hermano de El Mokri? ¿No has sido tú quien, en Tremecen, mandó echar veneno en mi baño?...

—Soy yo...

Rahutia hizo jugar los alambres de oro que se arrollaban a sus muñecas; luego, cruzándose de piernas y mostrando sus pantalones de seda recamada de plata, apoyó el mentón en el puente de las manos entrelazadas. Reflexionó un instante:

—Hace mucho tiempo que me persigues. ¿Qué puedo hacer yo por ti?

—¡Hacer por mí!...

—Naturalmente. Tu hermano ha muerto de muerte que se dio con sus propias manos, y tú me persigues queriéndote cobrar con mi vida. ¿Qué calidad de hombre eres tú?

Rahutia hablaba sin cólera, con la triste lentitud de una mujer que ha presenciado demasiados sucesos para ignorar que el Destino los resuelve casi siempre de un modo inesperado y en un minuto muy breve.

El hermano de El Mokri estalló:

—Yo soy un señor y tú eres una hiena de sepulcros. ¿Cómo te permites hablarme en ese tono? No estoy aquí para cambiar contigo palabras inútiles. He venido a cobrarme con tu vida la vida de mi noble hermano...

Una ola de sangre subió hasta las sienes de Rahutia. Dominó su cólera, y dijo:

—Haz salir a ese esclavo, y te diré muchas cosas.

El joven vaciló. Rahutia sonrió:

—Tienes miedo de una bailarina.

El joven hizo una señal al negro, y el aguatero salió con su alfombra y su espada.

—¿Qué tienes que decirme?

Rahutia se levantó y fue a sentarse junto a su enemigo. El capuchón de su capa blanca se le había caído sobre la espalda, y su cabello enmarcaba con finas ondas su rostro largo y fino, encendido por una llama de madura gravedad. Con firmeza puso la mano sobre la espalda del joven:

—Yo no lo empujé a la muerte a tu hermano. Tu hermano traicionaba por igual al Califa y al Sultán. Tu hermano me encontró cuando el hacha del verdugo estaba muy cerca de su cabeza. Se comunicaba con Alí, el negro de Taza, agente de Abd-el-Krim. Quería huir del Magrebh y llevarme consigo. Yo no le amaba... ¿Por qué iba a seguir a un hombre que ya estaba muerto? Tu hermano se había enredado con extranjeros terribles. Tu padre lo supo, y antes que el Califa le cubriese de vergüenza, vino a Fez y visitó a El Mokri, amenazándole matarle con sus propias manos si él no lo hacía. Y cuando tu hermano, borracho de kif, se ahorcó en mi casa, todos los lavadores de escudillas de Fez dijeron: «La culpable es Rahutia».

El joven reflexionó:

—Tus palabras son graves e increíbles. ¿Qué pruebas tienes? Mi padre ha muerto. Mi hermano también. Los franceses han fusilado al negro Alí. ¿Cómo creerte?

Rahutia frunció el ceño.

—Yo ignoraba, cuando venía hacia aquí, que encontraría al enemigo de mi vida.

Hablaba, pero sus manos continuaban jugando con las ajorcas de oro.

El hermano de El Mokri se sintió afectado por esa calma. La bailarina le dominaba a su pesar con aquella infinita serenidad.

—Estás mintiendo.

—Mírame a los ojos.

El hombre apartó los ojos de un versículo que en oro culebreaba en el tapiz, y los fijó en la mujer.

Aquel rostro largo, fino, que había besado apasionadamente su hermano lo perturbaba. ¿Mentiría ella o no?... Iría a caer entre sus garras. Lo atraía. A través de la tela de su chilaba sentía que la temperatura de aquella mano tan ardiente se iba filtrando a lo largo de su ser como un filtro de aborrecida y ansiadísima debilidad.

Apelando a su voluntad, estranguló la ola de emoción que se le subía a los ojos, y, entristecido, fatigadísimo, habló como a través de un sueño, con palabras muy pesadas:

—Que Alá me condene si eres inocente...

Rahutia comprendió que no debía esperar más, y una ajorca de oro cayó de su mano y rodó por el esterillado. El hombre se levantó y corrió hasta la ajorca, se la entregó a la bailarina, y Rahutia, más angustiada que nunca, bajó la voz:

—Te diré algo terrible. Algo que te convencerá. Tu hermana puede dar testimonio.

Y su cabeza se inclinó hacia el oído de su enemigo, que también acercó la cabeza a los labios de la bailarina.

El brazo de la mujer cortó el aire como la correa de un látigo, y el mozo tuvo en el corazón la sensación de la cornada de un becerro. El puñal de Rahutia se había clavado en su pecho, quiso gritar, pero únicamente pudo morder la palma de aquella mano ardiente y perfumada que le amordazaba. Y mientras las sombras de la muerte llenaban sus ojos, alcanzó a escuchar aún aquella dulce voz femenina que le decía:

—Te he dicho la verdad..., toda la verdad...

El cuerpo del moribundo se desplomó sobre los cojines, y Rahutia retiró su mano ensangrentada por la cruel mordedura. Miró en derredor.

Levantó una cortinilla y entró a una pequeña habitación donde había un operario dormido. De allí pasó al jardín: un escalerilla de ladrillo, sin pasamano, conducía a la casa de Gannan, el platero. Las estrellas lucían como faroles en el alto cielo; las palmeras recortaban el espacio semejante a fatigados abanicos.

Rahutia corría a través de las terrazas como un fantasma; las mujeres de otros harenes la veían pasar, pero con esa solidaridad cómplice que liga a todas las musulmanas, fingían no verla...

Finalmente llegó a un jardín cuyos «parterres» desbordaban sobre las antiguas murallas, saltó un parapeto, bajó por una escalerilla, pasó frente a un soldado español, y se encontró en la calle negra que conduce a los montes. Con rápido paso se internó en la sombra de África.

Y así como Rahutia, la bailarina, desapareció de Tetuán.

Los hombres fieras

El sacerdote negro apoyó los pies en un travesaño de bambú del barandal de su bungalow, y mirando un elefante que se dirigía hacia su establo cruzando las calles de Monrovia, le dijo al joven juez Denis, un negro americano llegado hacía poco de Harlem a la costa de Marfil:

—En mi carácter de sacerdote católico de la Iglesia de Liberia debía aconsejarle a usted que no hiciera ahorcar al niño Tul; pero antes de permitirme interceder por el pequeño antropófago, le recordaré a usted lo que le sucedió a un juez que tuvimos hace algunos años, el doctor Traitering.

«El doctor Traitering era americano como usted. Fue un hombre recto, aunque no se distinguió nunca por su asiduidad a la Sagrada Mesa. No. Sin embargo, trató de eliminar muchas de las bestiales costumbres de nuestros hermanos inferiores, y únicamente el señor presidente de la República y yo conocemos el misterio de su muerte. Y ahora lo conocerá usted.»

El doctor Denis se inclinó ceremonioso. Era un negro que estaba dispuesto a hacer carrera. El sacerdote encendió su pipa, llenó el vaso del juez con un transparente aguardiente de palma, y prosiguió:

—El señor Traitering era nativo de Florida, y, como usted, vino aquí, a Liberia, nombrado por la poderosa influencia de una gran compañía fabricante de neumáticos. Nosotros hemos conceptuado siempre un error nombrar negros nacidos en tierras extrañas para regir los destinos del país de una manera u otra, pero la baja del caucho obliga a todo...

El doctor negro sonrió obsequioso, y haciendo una mueca terrible ingirió el vasito de aguardiente de palma. El sacerdote continuó:

—Yo he sentido siempre que el hombre de color, extranjero en este país, está desvinculado del clima de la selva y de la tierra. Y cuando menos lo espera, se encuentra enganchado por el engranaje del misterio bestial que en todos nosotros ha puesto el demonio, siempre en acecho del alma animal de estos pobrecitos salvajes.

El doctor Denis volvió a sonreír con obsequiosa máscara de chocolate, y el sacerdote, sirviéndole otro vasito de aguardiente de palma, prosiguió su relato:

—Hace cosa de siete años se produjeron numerosas desapariciones, que, con toda razón, supusimos de origen criminal. Niños y doncellas, a veces hasta hombres robustos, salían de sus chozas para no regresar. Las poblaciones de Krus comenzaron a sentirse alarmadas; al caer la tarde, frente a las cabañas, las mujeres miraban impacientes los desiertos caminos, temiendo por la desaparición de los suyos. Se iniciaron investigaciones, se ofrecieron premios, y finalmente un esclavo mandinga reveló que había sido invitado a una fiesta en el bosque que está más allá del rápido de Manba. Se destacó una compañía de gendarmes, y una noche pudo detenerse a una banda compuesta de cuarenta hombres que danzaban en torno de una muchacha de la tribu de De, listos ya para sacrificarla. Algunos de los criminales estaban cubiertos de orejudas máscaras de madera; otros, embozados en pieles de fieras. Había entre ellos hombres de la tribu de los gbalín, para quienes la antropofagia es familiar, y también un niño de Kwesi, de brazos largos y piernas cortas que parecía un pequeño gorila. Todos confesaron sus delitos —habían devorado vivas a muchas personas—, pero no había uno solo de ellos que no alegara que cometía estos crímenes cuando se había metamorfoseado en una bestia...

—Sugestión colectiva —murmuró el negro doctor.

El sacerdote volvió su mirada hostil al pedantesco congénere, y el doctor Denis comprendió que le convenía disimular su sabiduría materialista, y para hacerse perdonar la indiscreción repuso:

—La declaración del niño, ¿coincidió con la de los mayores?...

—Sí. El niño Gan alegó que cuando bailaba con los otros hombres en el bosque a medida que danzaba sentía que se iba metamorfoseando en una hiena, Traitering condenó a esos cuarenta criminales a la horca; su sentencia se ejecutó, y los cuarenta caníbales fueron colgados de las ramas de los árboles en los caminos que conducían a Monrovia. El único que se libró de ser ejecutado fue el niño Gan, debido a su corta edad: doce años.

«Cuando el juez Traitering me expuso sus escrúpulos, yo me manifesté de acuerdo con él. No era posible ahorcar a una criatura de doce años. Pero Traitering estaba personalmente interesado en el caso. Pensaba escribir un libro sobre costumbres de nuestros negros, de modo que condenó al niño a prisión perpetua. Pronto olvidamos todos a los cuarenta ahorcados. En este país hay demasiado trabajo para disponer de tiempo para pensar en muertos, y dos meses después de aquel suceso, estando yo una tarde en este barandal, mirando como mira usted al elefante de míster Marshall, bruscamente apareció el doctor Traitering.

»Creo haberle dicho a usted que el juez era un hombre alto y robusto, de ojos saltones y miembros pesados. Pero ahora, su pie, como un traje excesivamente holgado, colgaba sobre la agobiada percha de su osamenta. Me miró tristemente, como un gorila cuando se siente enfermo del pecho, y me dijo:

—Padre, tengo algo muy grave que conversar con usted.

»Quiero advertirle, doctor Denis, que el juez Traitering no era un hombre religioso ni mucho menos. Sin embargo, me di cuenta de que se trataba de un caso importante, y dejando de ocuparme del elefante de míster Marshall, hice sentar al juez donde está usted sentado, le ofrecí un vaso de aguardiente y me quedé callado, esperando su confidencia.

»Traitering lanzó un largo suspiro, pero permaneció en silencio. Yo no abrí la boca y volví a ocuparme de los chicos de míster Marshall, que jugaban en torno de las patas del elefante. Finalmente, el juez Traitering, después de lanzar otro suspiro, me dijo:

«—¿Se acuerda, padre, de los cuarenta ahorcados?

»Francamente, yo ya no me acordaba. Por eso le respondí un poco aturdidamente:

»—¿Qué pasa? ¿Han resucitado?

»Traitering sonrióse débilmente:

»—¡Ojalá hubieran resucitado! ¿Recuerda usted, padre, que me aconsejó que indultara al niño?

»Efectivamente, yo no podía negar que le había aconsejado que indultara al pequeño Gan.

»—Sí, sí... ¿Qué es de ese huérfano?

»—Lo he asesinado ayer, padre.

»Me quedé mirando atónito al juez Traitering.

»¡Había asesinado al niño!

»—¿Por qué ha hecho eso? —terminé por preguntarle—. ¿Por qué lo asesinó?

»¡Ah, padre..., padre!... —y el juez Traitering se echó a llorar como una criatura—. No se imagina usted la calidad de monstruo que era ese niño. Si le hubiera hecho ahorcar en compañía de los otros, no estaría yo aquí. No.

»A mí se me partía el alma de ver llorar a un hombrón tan recio. Traté de consolarlo, y le serví un vaso de aguardiente. (Aquí el padre aprovechó para servirse otro y llenarle el vaso al doctor Denis.)

»¿Qué ha pasado? —le dije.

»Finalmente, el juez Traitering comenzó a relatarme su desgracia.

»¡Santo nombre de Dios! Y despúes hay gente que duda de la existencia del demonio. He aquí lo que contó el infortunado:

»—Un mes después que hice ahorcar a los cuarenta antropófagos del rápido de Manba recordé que en la cárcel permanecía encerrado el niño Gan, y como disponía de tiempo resolví tomar apuntes respecto al proceso en que el niño declaraba sentir que se metamorfoseaba en hiena. Una tarde le hice traer a mi oficina. Un soldado me entregó al niño, y yo quedé solo con él en mi despacho

»—¿Estarás contento de haber salvado la piel? —le dije al chico en dialecto krus.

»El pequeño caníbal no contestó palabra.

»—¿No quisieras ahora un trozo de carne humana? —le pregunté.

»Gan continuó en silencio. Yo insistí:

»—Si me cuentas cómo hacías para convertirte en hiena te daré un trozo de carne de mandinga (los mandingas son recios enemigos de los kwesi) y una botella de aguardiente.

»Gan no abrió la boca. Continuaba mirándome fijamente, y cuanto más él me miraba más simpatía experimentaba yo hacia él. Se iba formando un lazo de amistad secreta entre nosotros. Quizá por mis venas también circulara sangre de negro kwesi, pensé. Y entonces poniéndome de pie, me acerqué a Gan e intenté pasarle la mano por la cabeza; pero Gan se retiró velozmente, y encogiendo el labio superior se quedó mostrándome los dientes como una fiera que quiere morder. ¡Ah, padre! Yo no sé qué pasó en aquel momento por mí; recuerdo perfectamente que no sentí ningún desagrado por ese gesto bestial, sino que riéndome también yo fruncí los labios, mostrándole los dientes al caníbal. Entonces Gan apoyó las manos en el suelo y comenzó a andar ágilmente en cuatro pies rozándome las pantorrillas con el flanco yo experimenté un sobresalto terrible, me precipité a la puerta, la cerré con llave, y apoyando las manos en el suelo, también me puse a caminar como una fiera. Y el niño lanzaba gruñidos y yo le imitaba y ambos parecíamos dos fieras que no se resuelven a reñir.

»—¿Es posible? —interrumpí asombrado.

»¡Ah, padre! ¡Vaya, si es posible! Lo único que recuerdo es que en aquel momento experimenté un placer vertiginoso en degradar mi dignidad humana. Además, sentía un deseo tan violento de morder, que creo que hubiera terminado por despedazar a Gan. El gruñía sordamente como una hiena acorralada. En aquel momento alguien llamó a la puerta. Gan corriendo siempre en cuatro pies, se ocultó detrás de mi escritorio; yo despaché al soldado que había traído al muchacho. La verdad es que en aquellos momentos solo me animaba un propósito. Después que el soldado se hubo alejado, le dije a Gan:

»—Esta noche iremos al bosque.

»Gan movió la cabeza asintiendo.

»Entonces dejé al niño encerrado, me eché la llave al bolsillo y salí. Estaba afiebrado de impaciencia. Marché hacia el malecón, paseé por las orillas del lago; esperaba que la vista del agua y de las embarcaciones me calmarían, pero el cuadro de civilización del puerto me causó repulsión. Ansiaba vehementemente volver a la selva, convertirme en una bestia. Cuando la última luz de Krutown se hubo apagado, entré en el escritorio, tomé a Gan de una mano y lo hice subir a mi automóvil. Rápidamente dejamos atrás el cementerio de los krus, los cauchales. Finalmente llegué a un claro del bosque, oculté el automóvil bajo una cortina de lianas y dije a Gan:

»—Haz la hiena.

»Una Luna llena iluminaba el camino; Gan apoyó las manos en el suelo, y yo lo imité. A poco de iniciado este juego comenzamos a gruñir, luego nos afilamos las uñas en el tronco de los árboles, hasta que, cansados, nos echamos en el polvo del camino. Juro, padre, que en aquel momento sentí que tenía cola. No hablábamos. «Sabíamos» que esperábamos a alguien. Nada más. Pero ese alguien no llegaba. La noche estaba muy avanzada, la selva se había poblado de mil ruidos, y no llegaba nadie, cuando de pronto escuchamos el silbido de un hombre, una sombra se movió en el camino, y cuando el hombre estuvo cerca de nosotros, Gan saltó sobre él, le tiró al suelo y le desgarró la garganta de un mordisco. Fue una escena vertiginosa, casi incomprensible... Dispénseme, padre, de narrarle lo que hicimos después. Yo me sentía tigre; al amanecer me sorprendí con mi conciencia de hombre vuelta a un cuerpo completamente manchado de sangre. Gan con la cara aplastada en la hojarasca, dormía su hartazgo espantoso.

»Desperté a Gan, nos lavamos en un arroyo y volvimos a Monrovia. Devolví el caníbal a la cárcel: yo estaba horrorizado de la experiencia, creía que sería la última; pero pocos días después la tentación se presentó tan enorme y dominante, que hice traer a Gan de la cárcel, aguardé la noche, y en su compañía nuevamente volví al bosque.

»Desde entonces mi vida ha sido un infierno. Remordimientos y crímenes. Finalmente me resolví. Ayer en compañía de Gan, fui al bosque, y allí lo maté de un tiro. Y ahora estoy aquí, padre, para pedirle la absolución de mis pecados y el perdón, porque me mataré. Es necesario que aproveche este intervalo de lucidez para exterminarme, antes que vuelva la horrible tentación a lanzarme al bosque en busca de víctimas...»

El sacerdote negro calló, y Denis se quedó mirándolo. Luego murmuró:

—¿Qué hizo usted padre?

—Comprendí que el juez Traitering tenía razón de querer matarse. Él no quería destruir el hombre que llevaba en sí, sino a la fiera despierta en él. Lo confesé, le di la absolución y le dejé marcharse.

Algunas horas después, un muchacho del puerto trajo la noticia de que el juez Traitering se había ahogado.

Los dos hombres callaron. Los niños de míster Marshall habían dejado de jugar en torno de las patas del elefante. El sacerdote negro bebió su quinta copa de aguardiente de palma, y le dijo al flamante juez:

—Yo no le aconsejo que haga ejecutar al pequeño caníbal que usted tiene que juzgar, pero que esta historia le sirva para ponerse en guardia, que jamás bebió vino ni mordió carne.

La aventura de Baba en Dimisch Esh Sham

¿Es de noche o es de día?... ¿Es de noche o es de día?...

Dificulto que en todo el Magrehb pudiera encontrarse un desarrapado más hilachoso que éste. Tieso junto al pilar de ladrillo de la puerta de Bab el Estha vociferó nuevamente:

—¿Es de noche o es de día?... ¿Es de noche o es de día?...

La luz verdosa del farolón de bronce amarrado por una cadena a la clave del arco proyectaba del mendigo una desmesurada sombra, movediza en el triangular empedrado del zoco, sembrado de rosas podridas y cáscaras de melones. Había sido día de mercado.

Un árabe descalzo, que montado en un asnillo pasaba por allí se detuvo frente al hablador:

—Por Alá, hermano, ¿cómo puedes preguntar si es de noche o es de día?

Pero el desarrapado, cuya chilaba negra parecía haberse arrastrado por todos los muladares del Islam, continuó a voz en cuello:

—Respondedme, ecuánimes creyentes: ¿llueve o no llueve, llueve o no llueve?...

Y sin esperar a que nadie le contestara, comenzó a batir con la yema de los dedos y los nudillos alternativamente, el fondo de un tambor que en forma de florero soportaba bajo el sobaco.

Varios campesinos que se hartaban de pescado y cuzcuz en el puesto de un egipcio rodearon encurioseados al mendigo. Ya cerca de él, repararon que era un «jefe de conversación». Sus ojos blancos de cataratas, semejantes a huevos de serpiente, revelaban al ciego. Baba, que tal se llamaba el desarrapado, volvió a batir durante unos instantes el fondo de su tambor y prosiguió:

—En nombre del Clemente, del Misericordioso, escuchad la palabra del Corán a través de los labios de un ciego: «Nada hay tan loable como elevar la voz para convencer a los hombres y exclamar: "Yo soy un buen musulmán"». Os habla un árabe morigerado que jamás bebió vino ni mordió carne de puerco.

Insensiblemente acudían los curiosos a escuchar al «jefe de conversación». Eran artesanos de los contornos, negros batidores de cobre con las manos quemadas de azufre, tahoneros manchados de harina, tintoreros con los brazos teñidos de azul y amarillo. También se veían vendedores de agua, con bombachas hasta las rodillas y el odre de cuero, enjuto, a un costado; curtidores, esterilleros, tejedores de chilabas. Algunos con los ojos abiertos continuaban comiendo su pescado o royendo un hueso de carnero, y el aceite se les corría hasta el mentón.

Miraban al ciego con la admiración que suscitan los poetas, y el ciego, sin verlos, comprendía el bulto de sus presencias, por los hedores distintos que emanaban sus cuerpos mal lavados.

Baba tableteó nuevamente con los dedos y los nudillos en el fondo del tambor:

—Escuchad al Ciego prudente... Tú, comerciante, que tienes los oídos tapados con cera, quítate la cera de los oídos. Abandona tu mostrador. No te muestres reacio como camello estúpido. Acércate a Baba el Ciego. Baba beneficiará tu entendimiento con una historia hermosa. Campesino del Borch, acércate a Baba. Baba te consolará mejor que tus podridas legumbres. (Risas entre los artesanos.)

Escuchadlo a Baba, el enemigo de los perros judíos y de los perros cristianos... Escuchad al Ciego morigerado, hermanos. Detente, quesera... Ven aquí, carbonero. Poned el trasero sobre las piedras. No os pesará. Mi narración es más sabrosa que la pata de camello hervida en leche agria. Mercader timorato de tus monedas, escucha al Ciego... Cuando esta noche entres al harén, tu cuarta esposa te dirá: «¡Oh, mi señor, cuéntame lo que has oído en el mercado!». Y tú, ¿con qué la divertirás si no conoces mi historia?... Quitaos la cera de los oídos, ecuánimes creyentes. No escupáis sobre la cabeza de vuestros vecinos. Que comienzo... que comienzo... que comienzo...

Había anochecido en Dimisch esh Sham. La ciudadela amurallada y blanca parecía aplanarse a los pies del abultado monte. En su cresta, a mucha altura sobre el nivel de la arena, se arqueaba la desolación de las palmeras: Más próximos, recortando la acuidad verdosa del firmamento, se erguían los paralelepípedos de porcelana de los alminares de las mezquitas y las cúpulas de cobre en media naranja de los palacios señoriales. En los alminares, revestidos de mosaicos reproduciendo verticales tableros de ajedrez, la Luna fijaba vértices de plata. Más allá, infinito, amarillento, oscureciéndose hacia el confín, se extendía el desierto.

Y el horizonte, a pesar de la Luna y de las estrellas, parecía una muralla de betún, separando la tierra de los hombres de la tierra de los djinns y de los targuis.

Marbruk ben Hassan, a quien Baba el Ciego conocía bajo el nombre de «el hombre de la limosna» estaba ahora en la terraza de su casa. Bajo el entoldado circular, anaranjado, de cuyas aristas colgaban lámparas de colores, se le podía ver recostada sobre unos cojines desparramados en el alfombrado que cubría los ladrillos del suelo. A pesar de su barba renegrida y de la frente abultada en una vertical rayadura de arrugas, se comprendía que era joven. Fumaba despaciosamente una larga pipa turca de cazoleta de arcilla y boquilla de ámbar, mientras que frente a él, de pie, revestido de una pobre chilaba, trajinaba un vendedor de alfombras, de ancha barba de verdugo y nariz más corva que un alfanje. El vendedor de alfombras inclinándose sobre su mercadería, la arrollaba lentamente, mientras le decía a Marbruk ben Hassan:

—Las ametralladoras llegarán desarmadas en el interior de los ejes de los carros que conduce Ahcmet —luego exclamó en voz alta—: Señor, piénsalo bien, esta alfombra es tan rica en diseños de oro que no encontrarás otra semejante ni en el mejor bazar de Estambul —bajó la voz—: Todos los meses una caravana de carros se detendrá en el corral de Hussein. Cambiarás los juegos de ruedas —en voz alta—: ¿No te interesan las tiendas de pelo de camello? Dejan pasar el aire, pero detienen el frío y el calor —bajó la voz—: Secuestra la moneda de plata que puedas y haz circular papel.

Mete la plata en los ejes de los carros... Marbruk ben Hassan se incorporó en los cojines y, sin mirar al vendedor de alfombras, golpeó el gong... Apareció Aischa, su esclava.

—Aischa —dijo «el hombre de la limosna»—, no hagas entrar más a mi casa traficantes callejeros sin cerciorarte antes de que comercian con noble mercadería. Las alfombras de este hombre podrían adornar la carnicería de un armenio, no mi casa.

Acompañado por Aischa, el vendedor de alfombras se retiró humillado.

Marbruk ben Hassan se sumergió en sus proyectos. Pertenecía a una de las sociedades secretas que reactivan el movimiento nacionalista musulmán. En el Magrehb, él conspiraba contra el sultán de Fez y el mandatario de

Francia. En el pozo seco de su finca de Msella del Pachá, en Fez, podían encontrarse cincuenta mil cartuchos de fusil. Estaba a cubierto de sospechas. Su hermana era una de las cuatro esposas del Sultán; su hermano, un fiel servidor de los franceses; su padre, el primer cadí o juez de la ciudad.

Además Marbruk ben Hassan, en su momento oportuno, había asesinado, por intereses de Estado a Ismail, el líder de los jóvenes nacionalistas de la Universidad de Fez. Se le conceptuaba un renegado, y este juicio favorecía sus verdaderas actividades. En realidad, era uno de los miembros más enérgicos y peligrosos del comité secreto panislámico.

»El hombre de la limosna», como lo llamaba Baba el Ciego, miró la Luna que ahora se ocultaba tras el alminar de la mezquita de Ez Zinaniye y se atusó la barba. Tenía que entrevistarse esa noche con Mahomet Bey, un bandido inexorable. Mahomet Bey en las ciudades levantinas vestía como el más pulcro europeo. Mahomet Bey era un asesino profesional de armenios cristianos. Sus crímenes resultaban numerosos y feroces. El menor de ellos consistía en introducir ancianos armenios, por la cabeza, dentro de los hornos de las tahonas de las aldeas donde sus bandas maniobraban.

—Estallan como granadas —decía, sonriendo, Mahomet Bey.

Aischa entró bruscamente a la terraza:

—Señor, un anciano extranjero pregunta por ti.

—¿Árabe o europeo?

—Árabe.

—¿No te ha dicho su nombre?

El anciano que preguntaba por él ya avanzaba a su encuentro, en la terraza. La barba le llegaba hasta el estómago, y una capucha de su capa escarlata encuadraba un fino rostro arrugado, ligeramente achocolatado, de líneas muertas y mirada joven, falsa y cruel. Era su padre, el cadí de Fez.

Marbruk ben Hassan corrió al encuentro de él, tomó humildemente la mano del anciano y la mantuvo apretada contra sus labios durante unos instantes. Aischa se retiró.

—¿Tú aquí, padre?

El anciano avanzó dignamente por la terraza, se sentó en cuclillas sobre una alfombra y Marbruk ben Hassan permaneció de pie sin atreverse a sentarse. Tampoco, por respeto tomó la palabra. Su padre miró en derredor con escrutadora mirada.

Finalmente, dijo:

—Puedes hablar.

«El hombre de la limosna» reparó que su padre no le invitó a sentarse, y aunque estaba en su propia casa, continuó de pie, y dijo:

—¿Cómo se encuentra nuestro señor el Sultán? ¿Y mi noble madre? ¿Y mi hermano? ¿Y mi hermana?

El cadí, con voz cansada dio noticias:

—Tu madre estuvo enferma, pero bebió leche hirviendo en la cual había bañado una hoja del Corán, y su salud se restableció. Tu hermano ha sido designado por nuestro señor el Sultán con una misión secreta en El Cairo; tu hermana ha dado a luz un hermoso niño. Y tú ¿cómo estás de salud?

—Bien padre. Pero, ¿me permites preguntarte cómo te has atrevido a afrontar las fatigas de tan largo viaje? ¿Por qué no te dignaste avisarme de tan alto honor? ¿O es que sucede algo?

El cadí miró fríamente a su hijo; luego, recalcando palabra por palabra, dijo:

—Sí. Prepárate a rezar «la oración del miedo». Vengo a matarte...

Marbruk ben Hassan levantó despacio los ojos del dibujo de la alfombra verde.

—¿Has dicho que vienes a matarme?...

—Sí. A menos que prefieras darte muerte con tus propias manos.

—¿Por qué me dices eso, padre?

El cadí, a pesar de su edad, de un salto se puso de pie. Su diestra se apoyaba ahora en el labrado mango de oro de un puñal que le cruzaba la cintura. Una luz sombría como las que destellan las gemas del salitre centelleaba en el fondo de sus pupilas. Sin embargo, su voz era suave, Dijo, bajando el tono:

¡Perro! Traicionas a nuestro señor el Sultán. Traficas armas para sublevar las tribus. Ocultas dos carros de cartuchos en el fondo del pozo seco de tu finca de Msella. Secuestras monedas de plata. La clemencia de Alá ha impedido que la cólera de nuestro señor el Sultán cayera sobre mi cabeza y la de nuestra familia. ¿Con ese fin asesinaste a Ismail? ¿Para engañarnos a todos? Ililla tiene en sus manos todas las pruebas de tu traición. ¡Por Alá que tengo que esforzarme para no clavarte el puñal en la garganta! ¡Eres más falso que una ramera!

«El hombre de la limosna» callaba. Bajo la muselina de su turbante la frente se cubría de gotitas de sudor.

El cadí continuó:

—Una buena acción nunca se pierde. Cuando yo era joven tuve un acto de consecuencias con Ililla. Ililla lo recordó. Hace un mes vino a mi casa, me mostró las pruebas de tus crímenes, y me dijo, bondadosamente: «Toma varios hombres de mi escolta, vete a Dimisch esh Sham y mata a ese imprudente. Nuestro señor el Sultán jamás sabrá de la traición de tu hijo. Alá le bendiga a él y a su familia».

Marbruk ben Hassan exclamó, mientras pensaba en otras cosas:

—Alá se apiade de mí.

El cadí apaciguado de haber exteriorizado su furor, continuó:

—Es inútil que intentes eludir la sentencia. Tu casa y los jardines están rodeados por mis hombres. Escoge: ¿Te matas o mando yo que te maten?

«El hombre de la limosna» reflexionaba rápidamente.

—Padre: únicamente el Destino señala el camino de los hombres, y los hombres lo siguen humildemente. Yo he tomado mi camino, pero no quiero que mi familia cargue con la vergüenza de mi secreto. Es preferible que me dé muerte con mis propias manos. Solo quiero pedirte una gracia. Autorízame a repartir mis escasos bienes entre algunos creyentes, que no me olvidarán jamás en sus oraciones.

—¿Quiénes son?

—Aischa, mi esclava, el Baba el Ciego. Baba el Ciego acostumbra a dormir en el pórtico de la mezquita de Ez Zinaniye. ¿Me permites mandarle a llamar con mi esclava?

El cadí pensó: «Evidentemente, el Ciego sería portador de algún mensaje que permitiría establecer quién era el vendedor de armas que las conducía a Fez. Haría detener al ciego a la salida de la casa de su hijo». Respondió:

—Llama a tu esclava.

«El hombre de la limosna» golpeó el gong, y Aischa apareció.

—Aischa, ve a la puerta de la mezquita de Ez Zinaniye y trae a Baba el Ciego.

Salió Aischa, y el anciano cadí insistió:

—¿Quieres rezar conmigo «la oración del miedo»?

Marbruk ben Hassan compungió el rostro y dijo, finalmente:

—Perdóname, padre. No soy digno de estar a la sombra de tu cuerpo. Pero ahora creo que la paz de Alá estará en mí. Que jamás mi madre, ni mi hermana, ni mi hermano sepan del benévolo castigo que has tenido a bien suministrarme. Dale también las gracias al piadoso Ilila. Te ruego ahora, padre, que me dejes solo.

Por un instante la sombra de una emoción pareció temblar a través del semblante del anciano. Señaló con su mano amarillenta el cielo estrellado y tan bajo como el techo de la tienda de un beduino, y dijo:

—Pronto nos encontraremos allá. La paz en ti...

Y, grave, después de vacilar un instante, le alargó la mano. «El hombre de la limosna» besó piadosamente la diestra de su padre, y el anciano salió...

Marbruk ben Hassan quedó solo. ¿Quién era el perro que le había traicionado? Muy tarde ya para imaginarlo. Tenía que intentar la fuga. Si alcanzaba a reunirse con Mahomet Bey se reiría de los asesinos mudos que traía su padre. Los haría acuchillar a todos... ¿Y si Mahomet Bey se negaba a mezclarse en la partida perdida? Podía refugiarse en el consulado alemán. Von Freser había varias veces intentado insinuársele. ¿Ofrecer su experiencia al servicio Secreto Alemán? El tiempo que restaba era precioso. Rápidamente se despojó de su túnica, de sus finos pantalones, de su chaqueta bordada de oro, de sus medias de seda blanca. Rápidamente bajó a la cocina; en el almirez de Aischa echó algunos ajos y los machacó, luego comenzó a friccionarse el cuerpo. No se podía estar a un paso de él, tan repugnante era el hedor que despedía. Luego se friccionó con carbón. Entró al cuarto de la esclava; allí había colores. Su oído percibió la puerta de calle que se abría y corrió al encuentro de Aischa.

Gracias a Alá, la esclava volvía trayendo por una mano al ciego. Sin embargo, la esclava casi gritó al verle: no lo había reconocido... Violentamente, Marbruk ben Hassan se llevó un dedo a los labios, se acercó al ciego, y apoyándole el puñal sobre el corazón le dijo:

—Como hables una palabra te mataré —y dirigiéndose a Aischa, ordenó—: Llévalo a la sala de abluciones.

—La casa debía pertenecer a un hombre muy rico —continuó narrando el ciego al círculo de oyentes que a la luz del farol escuchaban su relato—, porque en el interior flotaban perfumes y el suelo estaba cubierto de finas alfombras. Sin embargo, cuando el hombre que apoyó el puñal en mi pecho me dijo: «Si hablas una palabra, te mataré», le reconocí inmediatamente por la voz. Todos los días pasaba él junto a la puerta de la mezquita, y arrojándome una moneda en la mano, me decía: «La paz en ti».

La esclava me tomó de un brazo y me condujo a la sala de abluciones. Sé oía allí el ruido del agua de una fuente. «El hombre de la limosna» le dijo a su esclava:

—Aischa, desnúdalo rápidamente...

«Yo estaba atemorizado. ¿Qué iría a ocurrirme? Pensaba que siempre había cumplido con mis deberes con el Profeta...»

—Abrevia —gritó una voz—. No nos cuentes la historia de tus deberes religiosos, sino lo que te ocurrió dentro de la casa.

El que interpelaba así al ciego era un tahonero impaciente por conocer el final de la aventura.

Prosiguió el «jefe de conversación»:

—Entonces comenzaron a desnudarme, y me despojaron de mi hermosa chilaba negra, porque yo en aquellos tiempos tenía una muy fina chilaba negra que me había...

—Maldito hablador. Deja en paz tu chilaba. Cuéntanos lo que te pasó en el interior de la casa.

Pacientemente continuó el ciego:

—Los vuestros son paladares de asnos, no de gacelas. Bueno. Me despojaron de mi hermosa chilaba negra y de mi turbante, ¡ay, mi turbante!... Un turbante que, arrollado en torno de mi cabeza, me daba el aspecto de un gran visir. La esclava que me desnudaba le decía de tanto en tanto al «hombre de la limosna»: «¿Qué pasa, mi señor; qué pasa?» Pero «el hombre de la limosna» terminó por contestarle:

—Ten más alto el espejo...

«Luego "el hombre de la limosna" dijo:

»—¿Me parezco a él?

»—Sí..., ponte más sangre en los párpados.

»Yo escuchaba que dos personas se movían a mi lado, pero como Alá me ha quitado el don de la vista, solo puedo suponer que «el hombre de la limosna» se estaba pintando para tener mi aspecto.»

—¿Qué hacías tú en tanto? —preguntó un fundidor de metales.

—Sentado en cuclillas en una estera, rezaba mis oraciones. Aunque estaba desnudo, no sentía frío, porque era verano. Finalmente, «el hombre de la limosna» le dijo a Aischa:

»—Dale una moneda de oro a ese hombre.

»Y la esclava puso una moneda de oro entre mis manos. Luego "el hombre de la limosna" dijo:

—Tómame de una mano, Aischa.

»Y oí el ruido de unas pisadas, luego mi propia voz, porque el desconocido imitaba muy bien mi propia voz, oí mi propia voz que decía desde muy lejos:

—Bendecida sea la clemencia de Alá y la caridad del señor de esta casa. Que sus esposas le den abundantes hijos. Que sus sementeras sean tan fecundas que los graneros le resulten pequeños. Que sus hijos sean nobles, valientes y generosos como es valiente, noble y generoso su poderosísimo padre...

»Luego ya no oí más la voz del hombre de la limosna» y quedé desnudo en medio de la sala de un palacio desconocido, con una moneda de oro en la mano. Y aunque la moneda de oro estaba muy apretada en mi mano, el miedo también estaba muy apretado en mi corazón, y comencé a orar para que el Profeta iluminara la noche de mi ceguera y me enviara alguna esclava piadosa que me hiciera salir de allí.

»No había rezado tres oraciones, cuando de pronto oí unos ruidos, luego una voz grave y desconocida que decía, encolerizada:

¡Perro!, ¿no habías prometido matarte? ¿Estos son tus juramentos?... Alí, prepara la soga. Ahora te ahorcaremos nosotros.

»Un gran frío entró en mi corazón. "El hombre de la limosna", a pesar de su disfraz, había sido atrapado. Pero yo, sentado en medio de la sala, no me atrevía a moverme. De pronto el mismo hombre que tenía la voz grave y encolerizada apoyó su mano rugosa sobre mi espalda desnuda, y me dijo:

»—Ciego, toma estas monedas, pero te juro sobre el Corán que como digas una sola palabra de lo que escuchaste aquí, te haré cortar la cabeza, aunque eres un ciego.

»Luego, un hombre que no hablaba, y que debía ser mudo, me vistió con mi hermosa chilaba y me devolvió mi turbante, y tomándome de una mano me condujo hasta el pórtico de la mezquita de Ez Zinaniye... Siempre en silencio, porque era un asesino mudo.

»Y al día siguiente, en el mercado, supe una noticia asombrosa:

»El hijo del cadí de Fez se había ahorcado voluntariamente porque su esclava Aischa le había abandonado. Y aunque muchos buscaron a la esclava, nadie pudo nunca más encontrarla.»

Ejercicio de artillería

Esta historia debía llamarse no «Ejercicio de artillería», sino «Historia de Muza y los siete tenientes españoles», y yo, personalmente, la escuché en el mismo zoco de Larache, junto a la puerta de Ksaba, del lado donde terminan las encaladas arcadas que ocupan los mercaderes de Garb; y contaba esta historia un «zelje» que venía de Ouazan, mucho más abajo de Fez, donde ya pueden cazarse los corpulentos elefantes; y aunque, como digo, dicho «zelje» era de Ouazan, parecía muy interiorizado de los sucesos de Larache.

Este «zelje», es decir, este poeta ambulante, era un barbianazo manco, manco en hazañas de guerras, decía él; yo supongo que manco porque por ladrón le habrían cortado la mano en algún mercado. Se ataviaba con una chilaba gris, tan andrajosa, que hasta llegaba a inspirarles piedad a las miserables campesinas del aduar de Mhas Has. Le cubría la cabeza un rojo turbante (vaya a saber Alá dónde robado), y debía tener un hambre de siete mil diablos, porque cuando me vio aparecer con mis zapatos de suela de caucho y el aparato fotográfico colgando de la mano, me hizo una reverencia como jamás la habría recibido el Alto Comisionado de España en el protectorado; y en un español magníficamente estropeado, me propuso, en las barbas de todos aquellos truhanes que, sentados en cuclillas, le miraban hablar:

—Gran señor: ninguno de estos andrajosos merece escucharme. Dame una moneda de plata y te contaré una historia digna de tus educadas orejas, que no son estas orejas de asnos.

Y con su brazo mutilado señalaba las orejas sucias de los campesinos. Yo esperaba que todos los tomates podridos que allí fermentaban por el suelo se estrellarían contra la cabeza del «zelje» de Ouazan; pero los andrajosos, que formaban un círculo en torno de él, se limitaron a reírse con gruesas carcajadas y a injuriarle alegremente en su lengua nativa; y entonces yo, sentándome en el mismo ruedo que formaban los hombres de la tribu de El-Tulat, le arrojé una moneda de plata, y el manco insigne descalzo y hediondo a leche agria, comenzó su relato, que yo pondré en asequible castellano.

En Larache, un camino asfaltado separa el cementerio judío del cementerio musulmán. El cementerio judío parece una cantera de tallados mármoles, y todos los días de la semana podréis encontrar allí mujeres desesperadas y hombres barbudos con la cabeza cubierta de ceniza, que lloran la cólera de Jehová sobre sus muertos.

El cementerio musulmán es alegre, en cambio, como un carmen; los naranjos crecen entre sus tumbas, y mujeres embozadas hasta los ojos, escoltadas por gigantescas negras, van a sentarse en un canto de la sepultura de sus muertos y mueven las manos mientras, compungidas, lloran a moco tendido.

El teniente Herminio Benegas venía a pasearse allí. Un inexperto observador hubiera supuesto que el teniente Benegas, al mirar el cementerio de la izquierda, quería conquistar a alguna bonita judía, o que, al mirar el cementerio de la derecha, pretendía enamorar a alguna musulmana emboscada en el misterio blanco de su manto. Pero no era así.

El teniente Herminio Benegas no estaba para pensar en judías ni en musulmanas. El teniente Benegas pensaba en Muza; en Muza, el usurero.

¡Pensaba en sus deudas!

Muza, el usurero, vivía en una finca que hay a la misma entrada de la puerta de Ksaba. Muza, el usurero, para contrarrestar el maravilloso tufo a queso podrido y a residuos que flotaba en el aire, tenía junto a la muralla dentada un jardín extendido apretado de limones, con «parterres» tupidos de claveles y rosales, que cinco esclavos del aduar de Mhas Has cuidaban diligentemente, mientras Muza, plácido como un santón, se mesaba la barba y miraba venir a sus clientes. Atendía a los desesperados entre capullos de rosas. Él no tenía escrúpulos en trabajar con corredores judíos. Muza se había especializado con los oficiales de la guarnición española. Cierto que a los oficiales les estaba terminantemente prohibido contraer deudas con prestamistas musulmanes, pues podían complicarse las cosas... Pero el teniente Herminio Benegas, una noche, contempló la verdosa muralla, almenada y triste, las campesinas dormidas junto a sus montones de leña seca, y, naturalmente, maldiciendo su destino, enfundado en un chilaba para cubrir las apariencias, fue y levantó el pesado aldabón de bronce que colgaba de la baja, sólida y claveteada puerta de la finca de Muza.

Siempre era a esa hora, cuando el cielo toma un matiz verdoso, que llegaban los clientes de Muza.

Tan advertido estaba su gigantesco portero —un eunuco tunecino negro y corpulento como un elefante—, que sin hablar, inclinándose humildemente, hacía pasar a la futura víctima de Muza hasta el jardín. El prestamista, bajo un arco lobulado con muescas de oro y filetes de lapislázuli, se levantaba, y besándose la punta de los dedos, acogía a su visitante con la más exquisita de las atenciones musulmanas. Haciendo sentar a su visitante en muelles cojines, le agasajaba, le acariciaba y le decía:

—Honras mi casa. Que Alá te cubra de prosperidad a ti y a tu noble familia. Hoy es un gran día para mí. ¿Cuánto necesitas? No te preocupes. Soy feliz al servirte.

Cuando Herminio Benegas respondió: «5.000 pesetas», Muza se lanzó a reír.

—¿Y por ese montoncito de leña seca te preocupas? Yo creía que era un incendio. ¡Nada más que 5.000 pesetas!... ¡Tú, un oficial español!..

¡Juro, por las barbas del Califa, que te llevarás 10.000 pesetas de mi casa!... ¿No sabes que el Profeta ha dicho que las manos de los impíos están cerradas para la generosidad? Quiero que tu día de hoy sea hermoso y dulce. ¿Alí, Alí; tráele café a este hermoso oficial español!

Ciertamente que Benegas se llevó 10.000 pesetas..., y firmó un recibo por 15.000.

—Tú no te preocupes —le había dicho Muza—. Seré contigo más bondadoso que tu padre y que tu madre, a quienes no tengo el honor de conocer.

Benegas volvió una vez, y luego otra y otra.

Un día, Muza se levantó adusto de sus cojines. Era la primera vez que Benegas veía de pie al prestamista. Muza era alto como una torre. Las barbas, que le llegaban hasta el ombligo, le daban el aspecto de un Goliath. El prestamista, tomándose con la mano un haz de estas barbas, dijo, al tiempo que se las retorcía con colérica frialdad:

—¿Qué te has creído? ¿Que yo asalto a los traficantes, como ese bandido de Raisuli? Te he tratado bondadosamente, como si fuera tu padre y tu madre. Y tú, ¿qué me has dado? ¡Papeles, papeles con tu firma!... ¡Me pagas, o iré a ver a tu coronel!...

Benegas pensó que podía embutir todas las balas de su revólver en la barriga de aquel monstruo, pero también pensó que podían fusilarlo. Y apretando los dientes, vencido, pidió:

—Dame tres días de plazo..., cuatro...

Muza se dejó caer sobre los cojines y respondió:

—Hasta el domingo estaré en mi finca de Guedina. El lunes, si no me has pagado, veré a tu coronel.

Y no terminó de pronunciar estas palabras, cuando frío, negro y exquisitamente homicida, el teniente vio aparecer a su lado al eunuco tunecino, que le acompañó hasta la puerta de calle, arqueando profundas zalemas.

El teniente Ruiz estaba quitándose las botas cuando Benegas entró a su cuarto. Ruiz se quedó con las manos olvidadas en los cordones de la bota al mirar el contraído semblante de Benegas:

—¿Qué te ha dicho Muza?

—El lunes verá al coronel.

Ruiz comenzó a quitarse las botas, y dijo:

—Mañana saldremos para los bosques de Rahel.

—¿Rahel?

—Sí; hay que terminar los ejercicios de tiro en la parcela de Guedina.

Benegas se recostó en su cama. Estaba perdido si el prestamista veía al coronel. Y Muza no era hombre de andarse con bromas. Había metido en cintura a más de un bravucón de Larache. Se decía que una de sus hijas estaba en el harén del Califa.

¿Qué hacer?

Ruiz ya se había dormido. Benegas apagó la luz.

Por la ventana enrejada entraba una claridad festiva, reticulada. ¿Qué hacer? Benegas se levantó y abrió despacio la puerta. Allá, en el fondo del patio, se veía el escritorio del coronel, iluminado. Benegas se decidió. Cruzó el patio y se detuvo frente al cuerpo de edificio que ocupaba el coronel. Un centinela se cuadró frente a él. Benegas trepó unas escaleras y golpeó con los nudillos en una puerta.

Una voz ronca respondió:

—Adelante.

Benegas entró. Recostado en un sofá, con la chaqueta desprendida, el coronel Oyarzún parecía estudiar con la mirada las cotas de un mapa verde que estaba allí frente a sus ojos. Era un hombre pequeño, canijo, rechupado. Lo miró al teniente, y comprendió que el hombre iba en busca de auxilio: Entonces se incorporó y, ya sentado en el sofá, dijo:

—Pase teniente —le señaló una silla—, Siéntese.

Benegas obedeció. Tomó una silla y se sentó frente al coronel. Pero el coronel no parecía tener mucha voluntad de hablar. Callado, miraba tristemente el suelo. Y sin saber por qué, Benegas sintió lástima por aquel hombre flaco y canijo. ¿Sería verdad lo que se murmuraba: que el coronel se había aficionado al haschich? Cierto es que allí el haschich andaba en muchas manos...

—¿Qué le pasa?

Benegas comenzó a contar al coronel la historia de su enredo financiero con Muza. Por un instante pensó en contarle una mentira al coronel: que Muza le había pedido los planos de las baterías que defendían el valle Lukus; pero, rápidamente, comprendió que el coronel podía adivinar su mentira o tratar de aprovecharla. Mejor era decir la absoluta verdad.

El coronel, sentado en la orilla del sofá, le escuchaba, levantando de tanto en tanto sus grandes ojos pardos. Cuando Benegas terminó su relato, el coronel se puso de pie resueltamente. Tenía todo el aspecto de un mico triste. Benegas, rígidamente cuadrado, esperó su sentencia. El coronel encendió un cigarrillo, miró melancólicamente el mapa de las cotas, y dijo:

—Hay siete tenientes en este cuerpo en la misma situación que usted. ¡Esto es intolerable! Mañana salimos a cumplir ejercicios de batería en los bosques de Rahel. Guedina está atrás. No me causaría mucha gracia que cayera algún proyectil, por equivocación, sobre la finca de Muza..., aunque, en verdad, mucho no se perdería. Buenas noches, teniente.

Benegas, tieso, saludó. Había comprendido.

La parcela de Guedina se extendía por el valle, y allí, en su centro, se veía el castillete con sus torrecillas de piedra, perteneciente a Muza, el prestamista. Más allá se extendían las colinas pizarrosas, empenachadas de borbotones de verdura rojiza y verde, y allá lejos, en una loma, el lienzo de cielo estaba cortado por la línea azulenca de los bosques de Rahel.

Muza, sentado en el tondo de su parque, bajo las ramas de un naranjo con Aischa a su lado, probaba unas cortezas de limón confitado, que Aischa, soportando en un plato, le ofrecía, sonriendo, de rodillas. Fue un silbo de pirotecnia; Muza miró, sorprendido, en rededor, cuando un obús estalló sobre la cresta del bosque.

Aischa, temblorosa, apretó contra él su juventud; pero Muza, espantado, se puso de pie, y no había terminado de hacerlo cuando un estampido más próximo levantó del suelo una columna de fuego y de tierra; y Aischa, desmayada de terror, cayó sobre el césped. Muza la miró un instante sin verla y echó a correr hacia adentro del parque.

Su terror no conocía límites porque era un hombre pacífico. Sabía que varias baterías estaban haciendo ejercicio de tiro más allá de la cortina azulenca del bosque de Rahel; pero de allí a...

Esta vez el impacto fue decisivo. El obús alcanzó el vértice de la torre de piedra, y la torre de piedra de su hermosa finca se levantó por los aires como si la hubiera arrancado una tromba por los cimientos; luego se desmoronó en una lluvia de cascotes, y un grupo de criadas, de mujeres sin velo, de esclavos, salió del pórtico principal chillando y arrastrando las criaturas consigo. Las mujeres entraron en el ala derecha del parque.

Otro estampido hizo temblar el suelo. Los muros de piedra del antiguo castillo, que había pertenecido al cheik de Rahel, se resquebrajaron; una teoría de columnitas, aventada al espacio por la explosión, fue a derramar sus tallos de mármol en un estanque; nuevamente una cortina de proyectiles barrió el suelo y los pocos lienzos de muralla que quedaban en pie bajo el Sol de la tarde temblaron y cayeron.

Muza se dejó caer al suelo y comenzó a llorar. Comprendía. Los siete tenientes del cuerpo de artillería, los siete hombres que él había beneficiado con sus préstamos, bombardeaban deliberadamente su hermosa finca. No vacilaron en matarle a él, a sus nueve esposas, a sus diecisiete criados. Como en una pesadilla lo veía al maldito teniente Benegas, rodeado de sus soldados, incitándolos a concluir la obra destructora con un asalto a la bayoneta.

Las lágrimas corrían por el barbudo semblante del gigantesco Muza. Pero el fuego de las baterías parecía enconado rabiosamente sobre las ruinas; algunos proyectiles habían roto los caños del estanque; a cada explosión las piedras volaban entre espesas nubes de humo negro y polvo; por sobre el césped se podían ver los muebles destrozados por la explosión, los cojines despanzurrados. Cada proyectil arrancaba de la tierra surtidores de cascajos.

Muza, escondido ahora tras un árbol, miraba aterrorizado esta completa destrucción de sus bienes.

Evidentemente, los tenientes de artillería eran gente terrible.

Nuevamente le pareció al prestamista ver al teniente Benegas rodeado de soldados adustos, dispuestos a escarbarle en el vientre con la punta de sus bayonetas. Y el terror creció tanto en él, que de pronto se puso a gritar como un endemoniado, y ya no le bastó gritar, sino que con peligro de su propia vida corrió hacia las ruinas de la finca. Las mujeres del bosque le gritaban que se detuviera, que le iban a herir los cascos de los proyectiles que otra vez podían caer; pero Muza, sordo, desesperado, quería acogerse a sus bienes despedazados, y espoloneado por el furor que hacía girar el paisaje ante sus ojos como una atorbellinada pesadilla de piedra y de Sol, dando grandes saltos se introdujo entre las ruinas; su cuerpo chocó pesadamente contra una muralla, la muralla osciló y los cuadrados bloques de granito se desmoronaron sobre su cabeza. Muza, el prestamista, dejó para siempre de facilitar dinero a los cristianos.

Veinticuatro horas después el coronel presentó un sumario al Alto Comisionado, y el Alto Comisionado se excusó ante el Califa:

—Ocurrió que durante la marcha el retículo de un telémetro se corrió en su visor a consecuencia de un golpe, lo que determinó un error de cálculo en el «reglage» del tiro. Era de felicitarse que la desgracia de Guedina no hubiera provocado más muertes que la de Muza, víctima no de los proyectiles, sino de su propia imprudencia.

El Califa, infinitamente comprensivo, sonrió levemente. Luego dijo:

—Me alegro de que el asunto no tenga mayor trascendencia, porque Muza no pertenecía a la comunidad marroquí, sino argelina.

Acuérdate de Azerbaijan

Los dos mahometanos se detuvieron para dejar paso a la procesión budista. Con un paraguas abierto sobre su cabeza delante de un palanquín dorado, marchaba un devoto.

Atrás, oscilante, avanzaba el cortejo de elefantes superando con sus budas dorados cargados en el lomo, la verde copa de las palmeras. El socio de Azerbaijan, el prudente Mahomet, dijo, mirando a un gendarme tamil detenido frente a una dama de Colombo, cuyo cochecito de bambú arrastraba un criado descalzo.

—Que el Profeta confunda el entendimiento de estos infieles.

—Para ellos el eterno pavimento de brasas del infierno —murmuró Azerbaijan con disgusto, pues una multitud de túnicas amarillentas llenaba la calle de tierra.

Esta multitud mostraba la cabeza afeitada y casi todos se refrescaban moviendo grandes abanicos de redondez dentada. Azerbaijan con ojos de entendido, observaba los tipos humanos y descubría que en aquel rincón de Ceilán estaban representadas muchas de las razas del sur de la India.

Se veían brahmanes con turbantes chatos como la torta de una vaca; músicos con tamboriles revestidos de pieles de serpiente y trompetas en forma de cuerno de elefante; chicos descalzos, de vientre hidrópico y desnudo; sacerdotes budistas con la cabeza afeitada; parias cubiertos de polvo como lagartos y más desnudos que monos; jefes candianos, tripudos, con grandes fajas recamadas en oro y sombreros descomunales como fuentones de plata.

Se reconocían los pescadores de perlas por sus ojos teñidos de sangre y la descomunal grandeza del pecho. Había también allí algunos ladrones chinos, moviendo los ojos como ratones, y varios estafadores ingleses, que con las manos en los bolsillos miraban irónicamente desfilar la procesión, sacudiendo en el aire la ceniza de sus cigarrillos.

—Vámonos —dijo Azerbaijan.

Y Mahomet, encogiéndose de hombros, siguió a su cofrade.

—¿Tienes el dinero? —preguntó Mahomet.

Azerbaijan asintió, sonriendo. El dinero, en buenas rupias indostanas, estaba liado contra las carnes de su pecho. Azerbaijan y Mahomet habían vendido el fumadero de opio a un traficante chino. Azerbaijan y Mahomet eran nativos de Tánger, pero el azar de los negocios los había arrastrado hasta Colombo, donde, siguiendo el ejemplo de la comunidad musulmana, se dedicaron a combinar el ejercicio de la usura con la explotación de campos de arroz y fumaderos de opio.

Claro está que no podían jurar sobre el Corán que el dinero con que iniciaron sus negocios había sido honradamente adquirido. Hacía algunos años, los dos compinches, entre las nieves del Himalaya, aturdieron a palos a un espía prófugo de la policía inglesa. Inútil que, intentando defenderse, el fugitivo tomara por la chilaba a Mahomet, al adivinar sus ladrones propósitos. Más rápido, Azerbaijan le hundió, con un golpe de báculo, el casco de corcho hasta las orejas; y después de aligerarle de sus libras huyeron a monte traviesa. Y así vinieron a recalar a Ceilán.

Ahora Azerbaijan y Mahomet tomaron por un polvoriento camino torcido entre palmeras. A lo largo de cobertizos de bambú se veían hileras de viejas lavando azafrán; más allá, junto a un muro gris de piedras y de adobes, tres ancianos de turbante trabajaban frente a un telar. Una malaya hacía girar su rueda. Los hombres levantaron la vista cuando los dos mahometanos pasaron, y la mujer murmuró un conjuro para protegerse del mal de ojo.

Junto a la silla del Buda me espera un pescador de perlas dijo, do pronto, Mahomet.

—¿Qué te quiere?

—Es forastero. Dice que tiene una perla...

—Robada...

—Probablemente...

—Debíamos verla.

La silla del Buda, un tronco quemado por un rayo tan caprichosamente, que en carbón había quedado esculpida la figura del solitario como si estuviera sobre un copo, estaba en una curva que describía el camino entrando al bosque.

Ahora los dos socios caminaban a lo largo de una playa frente al océano centelleante, aplanado por la caliente pesadez del Sol. Algunas velas escarlatas se doblaban sobre la llanura de agua; los peces voladores trazaban vertiginosas curvas; la ciudad había quedado atrás; entraron en el camino que conducía a los arrozales.

—¿Qué pedirá el ladrón por la perla?

Mahomet, cuya cara redonda y lustrosa reflejaba la paz, dijo, extendiendo el brazo:

—Allí está.

Azerbaijan volvió la cabeza. No podía distinguir bajo qué árbol del bosque oscuro se ocultaba el ladrón de la perla. De pronto, sintió un golpe tremendo bajo el corazón; vio a Mahomet enorme como una estatua, que esgrimía un cuchillo gigantesco, y comprendió que estaba muerto. Cayó cara al polvo. Como en sueños, muy lejos, sintió que Mahomet, con mano impaciente, le desgarraba la faja del pecho, y todo se hizo oscuridad en sus ojos cuando el mercader se apoderó del bulto de rupias indostanas.

Lentamente, una bandeja de sangre se fue formando en el polvo. Mahomet se alejó internándose por el camino que conducía hacia la silla del Buda Este hecho ocurrió a comienzos del año 1915.

A comienzos del año 1930, quince años después de la muerte de Azerbaijan, un joven aproximadamente de dieciocho años de edad, instaló su puesto de barberillo frente mismo al Bazar de los Sederos, que en Tánger es como la Bolsa de la seda. Durante los primeros tiempos, el joven rapaba y afeitaba junto a la fontana donde van todas las mujeres del bajo pueblo a buscar agua y a murmurar de sus amas.

El Bazar de los Sederos es un lugar importante, y la mejor forma de representarle es como un patio de resquebrajadas baldosas rojas, en torno de cuyas aristas los arcos festonean de arabescos unas recovas oscuras. Bajo estas recovas se abren profundos nichos, donde relucen rollos de las más floreadas telas que pueda codiciar la imaginación de una mujer negra.

La principal tienda del Bazar de los Sederos pertenecía al asesino Mahomet. Naturalmente, nadie sabía que Mahomet había asesinado, hacía quince años, a su socio Azerbaijan en los alrededores de Colombo. Además, éste fue el primer y último crimen que cometió Mahomet, porque desde aquel día el traficante cumplía escrupulosamente con todos los deberes del creyente. No faltaba a una sola oración en la mezquita, y nunca dejaba de llevar la mano a su bolso para beneficiar con una caridad al ciego, al huérfano o al enfermo. De este modo, la vida de Mahomet florecía como su misma barba, que, cuando se olvidaba de afeitarla, relucía negra como el azabache en torno de sus mejillas sonrosadas y pulidas. Para esparcimiento de sus sentidos, mantenía un harén con eunuco y varias esclavas.

De manera que, como dejo contado, fue frente a este bazar donde instaló su puesto de barberillo el joven extranjero que apareció en Tánger. Aunque musulmán, el barberillo no era nativo de África, sino de Ceilán; su pronunciación lo delataba, y Mahomet no pudo menos que estremecerse cuando supo que el barberillo venía del archipiélago; pero se tranquilizó cuando su criado le dijo que el menestral era nativo de Puloli, la punta opuesta de Colombo.

Durante algún tiempo el jovencito cingalés rapó barbas en medio de la calle; luego, mediante algunas monedas de plata, echó al conserje del Bazar de los Sederos, y un día se le vio instalar su sillón frente mismo a la tienda de Mahomet, y poner en hilera, sobre una mesita de cerezo, sus cortantes navajas. Los comerciantes encontraban cómodo, en la hora de la siesta, sentarse en el sillón y dejarse rapar por el hombre de la isla.

Cuando no tenía nada que hacer, canturreaba.

Siempre la misma canción: «El Rasd ad-Dill».

Aquel «si» bemol con que el barberillo arrancaba la palabra «ja», inicial de la canción le crispaba los nervios al pulcro Mahomet. Y el menestral canturreaba:

> Ja... si-hibu I hemmi li in-nel
> hemma...

A veces el sedero se encontraba con la mirada del barberillo fija en él, y entonces experimentaba una especie de ansiedad extraña, un género de incomodidad, que le hacía mover la cabeza como si el cuello de su abotonado chaleco bordado en oro le ajustara demasiado en torno del pescuezo; pero Mahomet se vengaba de esta molestia no recurriendo jamás a los servicios del barberillo.

A pesar de esto, el hombre de la isla le saludaba respetuosamente, como si el sedero fuera su padre o el protector de su hermana y su madre. Mahomet, orondo, gordo, con las mejillas lustrosas, recibía el saludo del mozo de las navajas con ostensible tiesura y dignidad. Pero el joven como si esa actitud no fuera con él, arrancaba en el irritante «si» bemol:

Ja... si-hibu l hemmi li in-nel
hemma...

Al mismo tiempo de cantar la irritante cancioncilla, asentaba una de sus navajas en una negra lonja de cuero.

Insensiblemente, todos los comerciantes del patio se acostumbraron a utilizar los servicios del cingalés, menos Mahomet, que soñando una noche que se estaba haciendo afeitar por el barberillo de Puloli, se despertó sudoroso de terror.

Sin embargo, aquello era estúpido. Mahomet era un honesto comerciante. Nadie tenía que reprocharle nada, salvo, naturalmente, el asesinato de Azerbaijan, aunque no existía sobre la tierra una sola persona que en aquel momento se acordara del hombre muerto cerca de la silla del Buda.

Un gendarme se detuvo frente a Mahomet.

—Mi cadí quiere hablar contigo.

—¿El cadí?

—Parece que un traficante, envidioso de tu prosperidad, te acusa de estar en tratos con contrabandistas de seda.

—Vete, que ya iré a ver a mi juez.

Quedó solo el comerciante frente a sus rollos de seda, e involuntariamente sus dedos, en horqueta, se tomaron la mejilla. Estaba barbudo, no podía presentarse así ante el cadí; una falta de respeto semejante no lo inclinaría al juez hacia la equidad ni a la benevolencia. Tampoco tenía tiempo de ir hacia la finca del Marshall.

Y, precisamente allí, de brazos cruzados frente a su sillón, estaba el mancebillo cingalés canturreando como de costumbre, en el irritante «si» bemol:

Ja... sa-hibu l hemmi li in-nel
hemma...

Hizo una seña al barberillo, y éste se acercó al opulento mercader:

—Trae tu sillón. Tendrás el alto honor de cortarme la barba.

Respetuoso, se inclinó el hombre de Ceilán. Luego, diligentemente, entró su sillón a la tienda del asesino de Azerbaijan. Mahomet se apoltronó, el barberillo le puso una toalla en torno del cuello que le caía sobre el pecho como un babero, y, después de humedecer la brocha, comenzó en enjabonar las mejillas del sedero. La brocha, cargada de espuma, iba y venía por el rostro del comerciante y se arremolinaba en torno de las extensiones de barba dura.

Mahomet, con la nuca apoyada en el respaldar de la silla, miraba por entre los párpados cerrados al barberillo, al tiempo que hilvanaba las razones que expondría ante el cadí.

El hombre de Ceilán se inclinó y tomó una navaja. Una navaja pesada, de filo ancho, que comenzaba a repasar pulcramente sobre una lonja de cuero...

—A ver si te apuras —rezongó Mahomet.

El barberillo le dio a la navaja dos últimos toques sobre la palma de su mano se inclinó sobre Mahomet, suspendió la navaja sobre la garganta del sedero y le susurró con voz sumamente dulce:

—¿Te acuerdas de Azerbaijan?

Mahomet desencajó los ojos en el espanto de su situación sin atreverse a moverse.

—Está escrito que Alá pierde a los que quiere perder, hermano. Está escrito. ¿Te acuerdas del noble Azerbaijan? Le dejaste por muerto junto a la silla del Buda, pero vivió el tiempo suficiente para hacerle jurar a mi madre que yo, su hijo, lo vengaría. Me ha sido fácil encontrarte. Mi madre sabía que tú vendrías a Tánger a deslumbrar a los creyentes con tu fortuna robada.

Gruesas gotas de sudor crecían en la frente de Mahomet. Su boca entreabierta dejaba ver el fondo de la garganta, y no se atrevía a moverse. Sabía que el barberillo estaba allí trabajando en el Bazar de los Sederos hacía dos años con el exclusivo fin de tomarse venganza cortándole el pescuezo.

—Puedes rezar «la oración del miedo» —susurró el hombre de Ceilán—. Quizá el Misericordioso te la tenga en cuenta.

A pocos pasos del sedero sus camaradas, agrupados en torno de un vendedor de té, reían una historia de mujeres negras. Y ellos no sospechaban que él estaba entre las manos de un hombre que, dentro de algunos instantes, lo degollaría como a un cordero, profundamente; y ya sentía el filo de la navaja penetrar en su carne, y quería gritar y no podía. Grandes nubes rojas circulaban frente a sus ojos; el hombre de Ceilán le parecía un gigante inclinado sobre él entre bloques de montañas escarlatas. Dentro de su cuerpo una tensión misteriosa le asfixiaba, retorciéndole fibra por fibra; de su enemigo ahora solo distinguía la doble hilera brillante de los blancos dientes; y, de pronto, al sentir el frío acero rozando su piel un dolor atroz como si fuera un dolor de muelas en el corazón, le paralizó la respiración. Y súbitamente, el corpachón encogido se relajó sobre el respaldar del sillón, y la cabeza se deslizó hacia un costado.

El mancebo retrocedió. Un hilo de sangre escapaba de la boca del sedero. Y el mancebo comprendió que Mahomet se había muerto de miedo.

La cadena del ancla

Cuando a fines del año 1935 visité Marruecos el tema general de las conversaciones giraba en torno a las actividades de los espías de las potencias extranjeras. Tánger se había convertido en una especie de cuartel general de los diversos Servicios Secretos. En Algeciras comenzaba ya esa atmósfera de turbia vigilancia y contravigilancia que se extiende por toda África costera al Mediterráneo.

Entre las verídicas historias y aventuras de espías que me fueron narradas, ésta que se titula «La cadena del ancla» es la que conceptúo la más terrible.

Estaba una noche sentado en la mesa de un café de ese patio de calle que se llama el Zoco Chico de Tánger, en compañía de un hombre uniformado con el modestísimo traje azul de agente de hotel. Este hombrecillo, de ojos repletos de malicia, miraba pasar los burros de los indígenas entre las mesas, al tiempo que me decía caritativamente:

—En África no hable nunca de política. Desconfíe siempre y de todo el mundo.

Por seguir su consejo, empecé a desconfiar de él.

Hacía el servicio de corredor de hotel entre dos importantes establecimientos de Algeciras y Tánger. Es decir un pie en España y otro en África. Su verdadero oficio era de policía. Lo que ignoro es a qué policía servía, si a la inglesa, a la francesa, a la española o a la italiana. Él era muy amigo de otro hombre que atendía el surtidor de nafta, estratégicamente ubicado a la salida del camino que conduce de Tánger a Tetuán.

El hombre del surtidor de nafta era un ciudadano de cara sonrosada, ojos celestes y sonrisa estúpida, que hablaba en francés, inglés y... árabe.

De este ciudadano modesto, que con el conocimiento de tres idiomas se consagraba al cuidado de un surtidor de nafta, me dijo un día Sergia Leucovich:

—Fíjese usted. Ese hombre en el sitio que trabaja controla la filiación de todo el pasaje que va de Tánger a Melilla a Ceuta o Tetuán.

El hombre del surtidor de nafta pertenecía al Intelligence Service.

Estaba, como comencé narrando, una noche bajo los focos voltaicos del Zoco Chico con el corredor de hoteles, que no se quitaba jamás su uniforme azul y gorra de inmensa visera de hule, cuando acertó a pasar, guiado por un lazarillo, un europeo gigantesco, andrajoso ciego tan melenudo como un indígena del Borch, la barba en collar y los pies calzados con unas pantuflas de piel de cabra. Extendió la mano y todos dejaron caer en su platillo algunas monedas. Cuando el mendigo se hubo alejado, el corredor de hoteles me dijo:

—Ha visto bien a ese hombre, ¿no?

—Demasiado.

—¿Y qué cree usted que es él?

—¡Hombre, no lo sé!

—Pues ese ciego es un oficial de marina.

—¡Oficial de marina... y mendigando!

—¿Le interesaría conocer esa historia?

—Sí.

El corredor de hoteles se respaldó en la silla, le pidió un té verde al camarero y comenzó su relato:

«—Para Leonesa, acusada del asesinato de un oficial de marina británico, hubiera sido preferible que jamás una coincidencia la librara de la horca, que la esperaba en Inglaterra. Ella había matado para salvarse; posiblemente lo que le interesaba a la policía británica no era castigar a la asesina de un súbdito de Su Majestad, pero el Intelligence Service también necesitaba interrogarla.

»En cierto modo, el responsable de todo lo que ocurrió fue el fotógrafo judío Ismael Abraham, agente confidencial del caudillo musulmán nacionalista Yama Mohamed, nieto del gran Raisuli.

»La cosa ocurrió así. Ismael Abraham entró a la oficina de la policía marítima del puerto de Ceuta. Tenía que visar su pasaporte, pues esa noche se embarcaba para Málaga, donde diligenciaría diversos asuntos. Ismael entró al despacho de policía e hizo estos gestos:

»Echó la mano al bolsillo interior de su saco y extrajo una libreta negra. Dentro de la libreta negra estaba su pasaporte. Dejó la libreta negra sobre la mesa y le entregó el pasaporte al oficial.

»Éste conocía al fotógrafo y conversaron de algunas bagatelas. El oficial selló el pasaporte de Abraham y el fotógrafo se echó al bolsillo el pasaporte y la libreta. Luego salió, echando a caminar por los muelles en dirección hacia la compañía de navegación.

»Sin embargo, a mitad del tránsito tuvo una sensación extraña. Su bolsillo estaba excesivamente abultado. Posiblemente había puesto la libreta entre los forros y no en el bolsillo, y estaba por caerse. Llevó la mano al bolsillo y experimentó una sorpresa extraordinaria. En su bolsillo había dos libretas en vez de una: la suya y otra, otra de canto rojizo.

»Inadvertidamente se había llevado una libreta que estaba sobre la mesa de la oficina marítima. Abrió la libreta y encontró varios telegramas. Uno decía: "Vigílese escrupulosamente al ciudadano Italo Lonberti. Usa armas". Otro: "Deténgase a Leonesa Bolesvi, acusada de asesinato de un oficial de la marina británica. Lleva en su poder una máquina para cifrar telegramas en clave".

»Lo de la máquina para cifrar telegramas en clave fue una sorpresa para el agente de Yama Mahomed, pues ignoraba la existencia de tales aparatos.

»Luego otro telegrama: "Leonesa Bolesvi se encuentra en Tánger o Tetuán, pero se sabe que tiene que pasar a Ceuta. Vigílese la casa de Antón López y la de Efraín el Negro en la Cuestecilla del Monte".

»Cuando el fotógrafo Abraham terminó de leer estos telegramas, se había olvidado en absoluto de lo que conversara con el oficial del puesto. Bendijo a Jehová.

»La casualidad, la más extraordinaria de las casualidades le había puesto en coyuntura de servirlo a Yama Mahomed. El informe le valdría una buena bolsa de duros assanis, porque Leonesa estaba refugiada en la casa del nieto de Raisuli. Lo que posiblemente ignoraba la embajada inglesa era que Leonesa pensaba dirigirse a El Cairo.

»Era necesario ponerse en comunicación con Yama Mahomed, pero él no podía utilizar el telégrafo. El teléfono de su casa también debía estar bajo el control de la policía; el único recurso era escribir, pero recientemente, por un empleado indígena, había sabido que en el correo central había un puesto de policía donde se abrían las cartas de todos aquellos individuos conceptuados como sospechosos de espionaje, o actividades políticas. Las cartas eran fotografiadas y luego se remitían al destinatario.

»Cuando el fotógrafo llegó al puesto de donde salían los autobuses de Ceuta para Tánger, hacía cinco minutos que había partido el último coche. Caviló un instante, pero luego se resolvió y contrató un automóvil para volver a Tánger.

»A la una de la mañana, Abraham entraba al jardín de palmeras de Yama Mahomed. El nieto del Raisuli escuchó el relato del fotógrafo, y su mano izquierda, involuntariamente, comenzó a sobar su barba renegrida. El detalle de la máquina para cifrar telegramas en clave indicaba sobradamente que alguien que conocía muy de cerca a Leonesa la había delatado. Yama examinó el rostro del fotógrafo, y le dijo:

»—Espérame.

»Luego cruzó el jardín de palmeras con paso tardo. Estaba caviloso.

»Yama abandonó las pantuflas a la entrada de su dormitorio y entró descalzo. Tendida en unos cojines, fumando y leyendo el "Morning Post", estaba Leonesa. Yama se sentó a su lado, sobre una estera, y le dijo:

»—Te han delatado, Lee —y le alcanzó los telegramas.

»Leonesa se cruzó de piernas al modo oriental; vista al soslayo de la lámpara ofrecía el perfil de un ave de rapiña con la cabeza recubierta de un ondulado casco de cabello rojo. Luego murmuró:

»—Es curioso. El único que sabía que yo llevaba una máquina de cifrar telegramas era el subsecretario de Relaciones Exteriores. Él y el ministro.

»—Pues, uno de los dos te ha delatado.

»—Debe ser el subsecretario.

»—Podría ser el ministro.

»—Es el subsecretario; pero escúchame, Yama. Tengo que pasar a El Cairo.

»—¡Irás a meterte en la misma boca del lobo!

»—¿Conoces alguien que pueda llevarme?

»—Por tierra es imposible. Te será fácil escapar a la policía inglesa, pero mejor irás por mar.

»—Si los ingleses me pillan, me ahorcan.

»Yama se restregó la barba y dijo:

»—Nunca debe matarse sino en caso de extrema necesidad. (Se refería al oficial asesinado por Leonesa.)

»—Precisamente, ése fue un caso de extrema necesidad.

»Yama encendió un cigarrillo, y con expresión soñolienta contempló las volutas. El único que podía servirle era René Vasonier. René Vasonier era primer oficial de "La Nuit", un paquete de diez mil toneladas que hacía el servicio de cabotaje entre Tánger y El Cairo. René no lo conocía al nieto del Raisuli, pero el caudillo árabe conocía las actividades del primer oficial. Éste contrabandeaba haschich y se dedicaba a la trata de blancas como agente de Giácomo Nigro en toda la costa mediterránea.

»El capitán del buque no sospechaba estas actividades extrañas de su primer oficial. El contrabando de haschich o mujeres se efectuaba de esta manera:

»A medianoche, por el agujero de la cadena del ancla izquierda, se desprendía una escalerilla de cuerda y un hombre trepaba por la escalerilla, y en el escobén por donde salía la cadena del ancla arrojaba los paquetes de haschich. Las mujeres entraban por la borda y, semejantes a un torpedo, eran introducidas en el tubo por donde pasaba la cadena del ancla. El refugio era seguro; el capitán de "La Nuit", en el período de diez años que comandaba la nave, no había utilizado ni una sola vez el ancla izquierda de la nave. Ésta se había convertido en una superflua decoración del buque.

»Precisamente, "La Nuit" hacía dos días que había anclado en Tánger. Yama examinó a la espía y le dijo:

»—¿Te atreverías a viajar embutida en un tubo de acero?

»—¿Un tubo de acero?

»El nieto de Raisuli le explicó de lo que se trataba. Leonesa, atentísima, escuchaba.

»—¿Es seguro?

»—Todos los viajes el oficial lleva y trae. Unas veces es haschich y otras mujeres.

»—Perfectamente; háblalo a ese hombre.

»Y ésta es la razón por la cual al día siguiente René Vasonier acudió a la tienda del fotógrafo judío, se hizo fotografiar ostentosamente y luego escuchó una historia sobre Leonesa, de la cual no creyó una palabra. Pero el fotógrafo le entregó un paquete con 5.000 francos y dijo:

»—Yama Mahomed, el nieto de Raisuli, te recomienda esa mujer.

»René Vasonier comprendió que el destino de todos sus futuros negocios estaba entre las manos de aquel hombre, y entonces gravemente respondió:

»—Dile a tu señor Mahomed que toda la policía de Inglaterra no sería capaz de impedir que esa mujer entrara a El Cairo.

»El fotógrafo continuó:

»—Vendrás esta tarde a buscar las fotografías, y entonces te diré lo que hay que hacer.

»La noche de ese mismo día, faltaba poco para amanecer, un bote se deslizó junto a "La Nuit"; una escalerilla de cuerda se desprendió de un costado oscuro de la popa, y Leonesa, envuelta en un impermeable con capuchón, subió al buque. El primer oficial en persona la esperaba. Bajaron unas escalerillas, se deslizaron a lo largo de recalentados corredores de chapas de hierro, y después de atravesar una galería de la sentina llegaron al tubo de la cadena del ancla.

»—Será sumamente molesto —dijo el oficial—, pero es el único lugar del buque que jamás revisará la policía.

»Leonesa le escuchaba grave.

»—A medianoche le traeré siempre los alimentos. Entre al tubo, no de cabeza, sino por los pies. ¿Quiere que le deje haschich para olvidarse del tiempo?

»—No.

»—Entre. Mañana zarparemos a primera hora.

»"La Nuit" debía salir de Tánger a las siete de la mañana, pero a las cinco, inopinadamente, se presentó la policía francesa. Les acompañaban dos oficiales de policía inglesa y un empleado de la embajada. El buque fue revisado escrupulosamente, pero a nadie se le ocurrió mirar en el tubo del ancla.

»Cuando Yama Mahomed escuchó el informe de la revisión del buque, sonrió satisfecho. Leonesa se había salvado. Sería extraordinariamente útil a la causa del nacionalismo árabe. En El Cairo podría reorganizar el servicio de espionaje del movimiento, que había sido quebrado por numerosas detenciones.

»Leonesa entraba y salía de su redondo escondite negro como un topo de las galerías subterráneas. Durante el día le estaba absolutamente prohibido salir del tubo de acero; por la noche se deslizaba fuera de él, el cuerpo marcado por los eslabones de la cadena del ancla, los huesos adoloridos.

»Más de una vez había estado tentada a pedirle haschich al oficial, pero pensaba que una noche René Vasonier se presentaría diciéndole:

»—Hemos llegado. Salga. —Y entonces ella respiraría el aire puro de la noche, abandonaría para siempre esa sepultura de acero en cuyas tinieblas redondeadas reposaba como un cadáver.

»Cuando estaba tendida en el interior del tubo de la cadena del ancla no podía revolverse casi. Estaba separada de los eslabones por una pequeña franja de lona. Dormía o meditaba extendiendo sus planes en el futuro, dentro de todas las probabilidades que le ofrecía su existencia de espía.

»René Vasonier se había insinuado una vez para hacerle más agradable el viaje durante la noche, pero Leonesa escuchó sus palabras amables con indiferencia. El hombre le resultaba desagradable. René Vasonier no se atrevió a insistir. Tras ella estaba, tiesa y amenazadora, la figura de Yama Mahomed, el nieto de Raisuli. Leonesa le pidió cirrillos, whisky, y él se los trajo. A partir del cuarto día de viaje, Leonesa comenzó a embriagarse sistemáticamente. Solo así era posible vivir dentro del tubo de acero, cuya glacial vibración se comunicaba a todo su cuerpo como el resuello de un monstruo que estuviera digiriéndola en su estómago de tinieblas.

»A veces se detenían en puertos, donde el buque permanecía inmóvil un día o dos, luego partían; cuando anclaron en Malta, un cuerpo de policía revisó nuevamente la nave. Esta vez eran ingleses; ella les oía hablar desde lejos; entre los bultos de la estiba; después se fueron, sobrevino el silencio, y por la noche partieron.

»René Vasonier estaba satisfecho. La nueva relación con Yama Mahomed abría amplias perspectivas para su tráfico ilegal. El capitán de "La Nuit" era un imbécil; no se enteraría jamás de sus actividades. Yama Mahomed podía suministrarle un trabajo abundante; los intereses secretos que corría de El Cairo a Tánger, bajo la forma de informes, paquetes extraños, armas contrabandeadas y personas en constante fuga, aparición y desaparición, le aseguraban con su intervención cómplice un destino magnífico y sorprendente.

»Transcurrían los días; únicamente cuando entraron a Port Said, el capitán de "La Nuit", Piontevil, reparó que la mar estaba excesivamente picada.

Vasonier también observó que los buques junto al murallón de la ciudad se meneaban constantemente.

»Piontevil, desde el puente de mando, miró a su oficial y exclamó:

»—¡Que bajen las dos anclas!

»René dejó de vigilar la maniobra para volverse espantado:

»—¿Las dos anclas? Siempre trabajamos con una, capitán.

»—Esto está muy picado.

»René sintió que un sudor frío le bañaba el cuerpo con su viscosidad repugnante. ¿Las dos anclas? No era posible. ¿Y la mujer que iba metida en el tubo de acero? La aventura se transformaba en una tragedia. Balbuceó:

»—Hace como diez años que no funciona esa ancla, capitán.

»Piontevil no le escuchaba, mirando el mediodía de Port Said y sus confines de espuma agitada.

»En tanto el primer oficial se decía que descubrir a la fugitiva era perder su carrera, someterse a un proceso por soborno. Callarse era condenar a la muerte a la mujer. Pero su carrera...

»—¡Y esas anclas! —gritó Piontevil.

»Ya no había tiempo de avisar a la mujer. El capitán de "La Nuit", sin esperar a que su oficial diera la orden, gritó por el portavoz:

»—¡Las dos anclas! —Y entonces René le hizo una señal a los hombres de los cabrestantes de vapor. Rechinaron las palancas, una columnita de humo se escapó de los cilindros oxidados, comenzó a girar un tambor, y de pronto un grito agudísimo cruzó los aires sobre la superficie del mar; todos se miraron al rostro sin poder especificar de dónde partía aquel grito; luego estalló otro más agudo y cargado de horror, las cadenas rechinaban en los escobenes y ya no volvió a escucharse nada.

»Las anclas entraron en el agua agitada; de pronto, un pescador que rondaba la nave con su botecillo exclamó:

»—¡Una pierna sale por el escobén!...

»Todos los desocupados del puerto se precipitaron a mirar.

»Del ojo de acero, por donde se había deslizado la cadena, colgaba una pierna de mujer. Hilos de sangre se coagulaban en el acero del casco.

»Después de dos años de este suceso, René Vasonier no podía aún encontrar trabajo en ninguna compañía marítima.

»Un día en París se encontró con el fotógrafo Abraham, el mismo fotógrafo de Tánger. El fotógrafo no le preguntó ni una palabra por el destino de aquella desconocida que embarcara una noche en el puerto de Tánger. René pensó:

»—Se han olvidado.

»La muerte de Leonesa se borraba de su mente. Otro día volvió a encontrarse con un arquitecto italiano de Tánger. Le ofrecieron trabajo en las construcciones de cemento armado de la colonia italiana. Aceptó. Pasaban los meses; el drama había tenido menos repercusión de la que él supusiera. Una vez preguntó por Yama Mahomed y le dijeron que estaba lejos. La tragedia de Port Said era un mal negocio. Pero él se levantaría nuevamente. Una noche, dirigiéndose a Ceuta a poco de salir del Borch, su automóvil tropezó con un hombre tendido en la carretera. Se detuvo, abrió la portezuela; cuando puso el segundo pie en el suelo, un palo cayó sobre su cabeza; cuando despertó estaba amarrado de pies y manos; dos hombres cubiertos por el capuchón de la chilaba, con gruesas barbas hasta los pómulos, le miraban en silencio. Un tercero avivaba el fuego en un hornillo donde enrojecía lentamente una barra de hierro.

»Cuando la varilla alcanzó el rojo blanco, los dos hombres se precipitaron sobre él; con sus robustos dedos le abrieron los párpados, mientras el tercero aproximaba la punta de la barra de hierro al rojo blanco, primero a un ojo, después a otro.

»Se desmayó. Algunas horas después le encontraron unos turistas. Le desataron pero René Vasonier no pudo verles. Estaba ciego.

Accidentado paseo a Moka

Cuando el «Caballo Verde» salió del puerto de Santa Isabel, el noble anciano, apoyado de codos en la pasarela del paquete, cargado de negros hediondos y pirámides de bananas, me dijo al mismo tiempo que miraba entristecido cómo la isla de Fernando Poo empequeñecía a la distancia:

—¡Cómo ha cambiado todo esto! ¡Cuánto! ¡Y de qué modo!

Clavé los ojos en el rostro del noble anciano, que en su juventud había sido un conspicuo bandido, y moví también la cabeza, como si participara de sus sentimientos. El viejo continuó:

—Fue allá por el año 80. Entonces no existía el puerto que usted ha visto ni la catedral con sus dos torres de cemento, ni el hospital, ni la Escuela de Artes e Industrias, ni alumbrado eléctrico en la calle de Sacramento, ni negros en bicicleta. No. Nada de eso existía.

Fijé la mirada en el lomo de una ballena que se sumergía y luego lanzaba un surtidor de agua al espacio, pero el viejo bandido no vio a la ballena. Su mirada estaba detenida en el pasado. Emocionado, prosiguió:

—Cuando llegué a Fernando Poo, la aduana era una valla de bambú y la Casa de Gobierno una choza al pie de la colina. Algunos indígenas descalzos, embutidos en fracs donde habían zurcido charreteras de oro y sombreros de copa, desempeñaban funciones burocráticas con un puñal en el cinto y un paraguas en la mano. En el mismo paraje donde se levanta hoy la catedral de Santa Isabel conocí al rey de los bupíes, un granuja pintado de ocre amarillo que se pavoneaba, semidesnudo, por el islote, cubierto con un sombrero de mujer y diez collares de vértebras de serpiente colgando del cuello. Cuando comía en presencia de forasteros, una de sus mujeres, de rodillas frente a él, soportaba en sus manos el plato de madera, en el cual él y yo hundíamos los dedos para recoger puñados de arroz, que antes de comer apelmazábamos en una bola, porque ésa era la costumbre.

El noble anciano movió la cabeza.

—¡Cuánto, cuánto ha cambiado todo esto! África ya no es África. África ha muerto, mi querido joven. No respondí palabra, aunque me halagó el epíteto de joven. La costa de la isla se alejaba; las cimas cobrizas del cráter de San Agustín y el pico de Rosa Gándara superponían sus moles triangulares en el horizonte; la bola de fuego del Sol naufragaba en un mar ígneo de vellones escarlatas.

Súbitamente la inmensidad atlántica pareció inflamarse en rojo de piedra, el rojo subió por los flancos del «Caballo Verde», bajó a los puentes; los negros parecían diablos hacinados en una caldera, las pirámides de plátanos irradiaban una atmósfera bermeja y la isla de Fernando Poo, ennegrecida en un juego de contraluces, en este fondo de fuego, quedó reteñida de violeta. Mágicamente sus valles aparecieron cargados de brumas violetas, sus montes tallados en bloques de terciopelo violeta, y de pronto, por el rostro del noble anciano, rodaron dos lágrimas, a las que el reflejo del Atlántico rojo dio apariencias de lágrimas de sangre. Luego, bruscamente, se hizo la noche. El tantán de los negros resonó a bordo del «Caballo Verde»; una Luna perlática fosforeció en la inmensidad entre enormes estrellas rebosantes de temblorosas luces, y el noble anciano que en su juventud había sido un conspicuo bandido dijo, mientras vertía sobre el hielo de su copa el oro de un whisky viejo:

—Esta tarde me acordé de mi primer viaje al valle de Moka. Yo tenía dieciocho años. Todo ocurrió en la primavera del año 80.

—Mi choza de ramas y techo de hojas de palma se levantaba en la isla de Leben. Allí me dedicaba a vivir desnudo en las caletas. Una mañana, como de costumbre mi criado Alí me despertó con sus palabras rituales:

«—Que tu día sea bendecido...

»Alí era un chiquillo de quince años, que yo encontré vagabundeando, muerto de hambre en las orillas del Río de Oro. Cuando tropecé con él andaba descalzo, su turbante era un trapo indecente y su chilaba hubiese avergonzado a un mendigo del Zoco. A cambio de esta pobreza de bienes terrenales, Alí era valiente como un tigre y docto como un ulema, pues hablaba holandés y un montón de dialectos africanos. Contra la seca carne de su pecho guardaba un puñal.

»Adecenté a Alí dentro de la posibilidad de mis recursos, y me lo llevé a la isla de Leben, en la de Fernando Poo.

»Ahora estaba frente a mí, más perezoso y adormilado que nunca, rezongando con la boca abierta por un bostezo:

»—Que tu día sea bendecido. Allí están los hombres que te conducirán a Moka.

»Hacía varios días le había manifestado a Alí que quería visitar el valle de Moka. El valle de Moka, antes que lo estropearan los blancos, era un paraíso de helechos, en cuyo centro una fuente de agua hirviente dejaba escapar vapores venenosos que mataban a los pájaros que cometían la imprudencia de entrar en la atmósfera de sus emanaciones de óxido de carbono. Los negros bupíes decían que el diablo vivía en el valle de Moka.

»En cierto modo, mi aventura era descabellada, porque el calor arreciaba cada día más. Lluvias constantes sucedían a soles de fuego, pero yo estaba dispuesto a toda costa a entrenarme en la vida salvaje de los bosques tropicales, pues tenía el proyecto de asaltar el próximo invierno un importante banco de Calcuta y de huir a través de la selva; mas, precisamente, para huir a través de la selva había que conocer la selva, estar familiarizado con sus peligros, con sus hombres, con su misterio.

»Tal es la razón por la que yo me veía en marcha ahora, a través de un bosque tupido, en compañía de un pillete mahometano y cuatro salvajes auténticos. Estos tenían el rostro rayado de cicatrices horizontales. Marchaban en fila india, completamente desnudos, mostrando vientres enormes en cuerpos flaquísimos, con collares de vértebras de serpiente en torno del cuello, para librarse del mal de ojo de los genios malignos de la selva. Sobre sus cabezas motudas cargaban las bolsas de arroz, cacao y café que necesitábamos para sobrevivir en medio de la selva. También llevábamos algunas botellas de pólvora para los jefes salvajes que encontráramos en el camino. Yo iba armado con una magnífica carabina revólver y puñal. Mi proyecto era meter a los indígenas en el valle de Moka y obligarlos a cruzar el valle en dirección contraria a la que habían venido, aprendizaje que tenía que ser rico en experiencias para mí y Alí, a quien pensaba convertir en un eficiente ayudante de bandido.

»Durante los primeros días de viaje, quiero decir, las primeras horas, el paisaje me extasió violentamente. Mis hombres unos con yataganes prehistóricos, otros con hachas de extraña procedencia, se abrían paso entre la cortina vegetal que filtraba en verde la luz solar. Había momentos que parecíamos buzos en el fondo del mar, tan perfecta era la atmósfera verde en la cual nos movíamos constantemente. Nuestra pequeña caravana era acompañada por los arrullos de las palomas silvestres, las voces atroces de los papagayos, los ronquidos de los filicoti, los chillidos de los monos, que se desgañitaban, huyendo rápidamente por las ramas más altas.

»Alí, contra su costumbre de irme pisando los talones y de adularme conscientemente en cuanto sospechaba que pudiera agradarme, caminaba ahora junto a los bupíes, que tal es el nombre de los salvajes de Poo, melancólicamente agobiado.

»Atribuí su silencio a que estaba fatigado, como yo también comenzaba a estarlo de caminar continuamente sobre una crujiente alfombra de hojas secas o podridas, cuyos vahos penetraban por las narices hasta martillear su neuralgia en las sienes. A veces levantaba la cabeza; allá arriba, muy alto, se veía la cúpula de los árboles cuyo nombre ignoraba, pero cuyo tronco áspero o lustroso, de hojas gruesas o transparentes soportaba desde sus ramas en arco innumerables bejucos, manchados de estrellas escarlatas o de cálices blancos.

»De pronto Alí me hizo una señal. Me acerqué a él y dijo:

»—Estos perros enemigos del Profeta saben que estoy enfermo.

»Lo miré, sorprendido, a él y a los cargueros.

»Efectivamente, los bupíes debían sospechar la naturaleza de la enfermedad de Alí, porque hablaban vivamente entre ellos. Llevé mi mano a la frente de Alí. Quemaba de fiebre. Le tomé el pulso. Su corazón parecía querer saltar del pecho.

»—Hagamos alto —dije—. Di a los hombres que busquen hojas de palma, que nos quedaremos aquí hasta mañana.

»Alí habló con los indígenas; éstos dejaron sus cargas en el suelo y se apartaron para recoger hojas de palma con que techar la choza que tenían que fabricar.

»Alí se dejó caer en el suelo y entrecerró los ojos. Así permaneció durante una hora. Lejos se escuchaban los voces de los cargueros bupíes. Alí, con la cabeza apoyada en el tronco, dormitaba. De pronto se puso de pie, arrojó un grito, echó a correr, golpeó de cara en un árbol y cayó. Por momentos un estremecimiento sacudía su cuerpo. Me incliné sobre él para examinarlo, y entonces, allí en su brazo amarillento, vi una ligera mancha escarlata que extendía sus arabescos.

»Me retiré estremecido.

»No quedaba duda. Alí estaba bajo la acción del primer ataque de la enfermedad del sueño.

»Como si mi descubrimiento hubiera aterrorizado a la naturaleza que me rodeaba, un silencio imponente pesaba en el bosque. Las voces de los bupíes no se escuchaban ya.

»Aturdido por la sorpresa, me senté en el tronco de un árbol derribado por el rayo. ¿No estaría yo también infectado? No podía ignorar las consecuencias de esta terrible enfermedad tan contagiosa como incurable. En el Congo, más de una vez me había encontrado con negros encadenados por el pescuezo a recios árboles para que no pudieran deambular a través de los poblados propagando su peste. Allá, en el fondo de la maleza, una tarde, no lejos del Río de Oro, descubrí un alucinante grupo de negras y negros en distintas etapas de la enfermedad. Algunos durmiendo, con la piel pegada a los huesos, otros con los párpados tan inflamados que apenas podían mantenerlos abiertos. Algunos, semiincorporados como espectros de ceniza, pedían limosna desde su lecho de hojas secas. Otros, completamente inmóviles, pegados al suelo, con las piernas encogidas, parecían momificados en su extremísima demacración. Nubes de mosquitos se cernían sobre sus cuerpos de muertos vivos.

»¿Qué hacer?

»Si yo abandonaba a Alí en el bosque, lo devorarían las fieras, las hormigas gigantes, los buitres. Si lo llevaba conmigo, me infectaba, si ya no lo estaba. ¿Qué hacer? Alí estaba perdido, y yo también, quizá, estaba perdido. De los bupíes no se escuchaba una sola voz. Nos habían abandonado, aterrorizados por la enfermedad cuya peligrosidad conocían.

»Tomé mi revólver, me acerqué a Alí y le encañoné cuidadosamente la cabeza. Sonó un estampido. Alí no sufriría más.

»Ahora lo que yo tenía que hacer era volver a Leben. Hacía siete horas que habíamos salido del islote; la noche estaría próxima. Pasaría la noche en la selva, y al día siguiente regresaría por el camino que habían abierto las hachas y yataganes de los bupíes.

»Dando un rodeo en torno del cadáver de Alí, me acerqué al lugar donde los indígenas habían abandonado las bolsas de provisiones; preparé un poco de cacao, y deshecho por la fatiga, pensando torpemente que yo podía estar también enfermo de la enfermedad del sueño, apoyé la cabeza en una bolsa, y bajo la oscuridad del ramaje me quedé dormido.

»Un grito espantoso me despertó en la noche.

»Me puse de pie en la oscuridad. Estaba rodeado de ramas de árboles sobre las que se movían lentejuelas fosforescentes. Eran las pupilas de los pájaros que reflejaban en su fondo la luz de la Luna, invisibles desde el lugar donde yo vigilaba.

»Me estremecí en mi mojadura de rocío. Ni un grito ni una voz en el bosque, donde tan espantoso aullido había estallado. Por momentos se oía el crujido que provocaba una ardilla al deslizarse sobre las hojas secas, o el roce de un reptil al deslizarse.

»Me tomé el pulso. El corazón marchaba perfectamente.

»El bosque permanecía en un silencio total, un silencio como el que provoca la presencia de un ser vivo entre las bestias. Sin embargo, nada denunciaba al hombre ni al salvaje, como no ser este silencio festoneado en reflejos amarillos.

»Sin embargo, un grito terrible, allí cerca, había venido a despertarme. ¿Quién era el que había gritado?

»La noche debía estar avanzada, porque arriba, entre las ramas de los árboles, las grandes estrellas próximas parecían flotar en un estanque de agua.

»Cautelosamente me senté en el suelo y me puse a esperar la llegada del día. Pensé que me sobraba razón cuando pensaba que para fugarse a través de la selva había que estar entrenado. No nos habíamos apartado nada más que unas horas de la orilla del agua, y ya se presentaban dificultades insuperables.

»Otra vez me quedé dormido. Cuando desperté, el Sol estaba alto. De pronto me llamó la atención un grupo de monos chillando en la copa de un árbol, señalándose los unos a los otros, como seres humanos, algo que yo no podía ver desde el lugar en que me encontraba. Recordé el grito de la noche y trepé a un árbol para escudriñar.

»Desde la rama más alta, donde ya me había encaramado, solo se distinguía una especie de plazoleta o claro en el bosque. Nada más. Sin embargo, los monos chillaban y se mostraban algo que yo no podía ver. Bajé del árbol y comencé a cortar entre los bejucos de la cortina vegetal un camino hacia el claro misterioso. Trabajaba alegremente, a pesar de la terrible temperatura que hacía, porque pensaba que esa disposición para el trabajo indicaba que todavía yo no estaba infectado por la enfermedad del sueño.

»Finalmente llegué a la plazoleta.

»Allí, en un claro, a ras del suelo, se veía la cabeza de una negra dormida o muerta, puesto que estaba con los ojos cerrados. Parecía aquella una cabeza cortada dejada expresamente en el suelo. A unos metros de la cabeza, separada del brazo, se veía la mano derecha de la negra. Había sido cortada de un hachazo.

»El cuerpo de la negra estaba enterrado en el suelo hasta el mentón.

»Comprendí.

»El castigo que los bupíes infligían a las mujeres que cometían el delito de adulterio o que abandonaban el bosque para vivir con un extranjero. Me incliné sobre la negra. Ofrecía un espectáculo extraño esa cabeza con los ojos cerrados a ras del suelo. Levanté un párpado de la cabeza. La negra estaba viva.

»Miré en derredor. La tribu que la castigó allí, a poca distancia, había dejado olvidada una paleta de madera. Corrí a la pala y comencé a quitar la tierra del hoyo en el que la negra viva estaba enterrada. El sudor corría a grandes chorros por mi cuello. Yo descargaba y descargaba paletadas de tierra, y la negra no abría sus ojos. Le toqué la frente. Se consumía de fiebre. Finalmente, evitando herirle el cuerpo, abrí el hoyo y conseguí retirar a la negra aun viva de su sepultura. Los negros que la mutilaron le habían envuelto el muñón en hierbas, a fin de evitar la hemorragia y prolongar así su agonía. Cargué a la negra sobre mi espalda. Era una muchacha joven y bonita. La llevé hasta mi campamento, a la orilla de la fuente, y le eché un poco de agua entre los labios.

»Yo no era un sentimental; estaba acostumbrado a considerar al negro al mismo nivel que a la bestia, pero esta negra de cara romboidal, joven y ya martirizada, despertó mi piedad. Tres días después que la retiré de su sepultura abrió los ojos. Me miró, sonrió, y luego volvió a cerrarlos. Finalmente reaccionó, y por uno de aquellos milagros casi incomprensibles, su brazo mutilado se cicatrizó.

»Yo trabajaba alegremente para salvar la vida de Bokapi. Trabajaba alegremente como un esclavo porque esa constante disposición para trabajar me indicaba que yo no estaba infectado por la enfermedad del sueño. Creo que fue la primera vez en mi vida que trabajé. Había que buscar agua, preparar el arroz, ahuyentar de la cabaña toda clase de bicharracos: langostas, gorgojos, hormigas, grillos, caballos del diablo. Un día recuerdo que maté una araña negra y peluda, grande como un cangrejo. Oscilando sobre sus patas de camello se aproximaba a Bokapi, que dormía.

»Finalmente Bokapi me contó el origen de sus desventuras. Su pecado consistía en haberse ido a vivir con un mestizo.

»La cosa ocurrió así:

»Entonces cada tres meses, llegaba un buque al puerto de Santa Isabel. La llegada del buque se festejaba con una fiesta fantástica. En la costa de la selva, entre las cañas de azúcar y los plátanos, se formaban danzones de negros. Corrían latas de aguardiente tenebroso, fuego vivo que trocaba el danzón en una orgía de la cual también participaban los blancos. En una de estas fiestas conoció ella al mestizo Juan, lo amó y se fue a vivir con él en las proximidades de la empalizada de bambú.

»El mestizo la amaba cuanto puede amar un mestizo y no le pegaba nunca, ni por la noche ni por el día. Pero a pesar de estas virtudes, el mestizo se enfermó. Inútilmente lo atendió el marinero que era el jefe de la aduana, y después el hechicero del poblado más próximo. El mestizo murió como Dios manda, y Bokapi se quedó sola.

»La tribu en el bosque no se había olvidado de su deserción. Una tarde que Bokapi corrió hasta el bosque a buscar una gallina, recibió un golpe en la cabeza. Cuando despertó estaba tendida en el suelo. La habían despojado de sus ropas; algunos bupíes armados de bambú aguardaban el momento de su suplicio. Primero un hechicero viejo, envuelto en innumerables vueltas de vértebras de serpiente y con la cabeza adornada de cuernos de antílope, le había lanzado un torrente de imprecaciones; después, un grupo de viejas la flageló con látigos de bejucos hasta que Bokapi se desmayó.

81

Cuando recobró el conocimiento estaba oprimida por un corsé frío que la paralizaba toda entera. Se reconoció enterrada viva, con la cabeza a ras del suelo y un brazo fuera, sobre la tierra. Silenciosamente danzaban en torno de ella sombras lujuriosas; de pronto las sombras se detuvieron; el hechicero levantó el hacha y la dejó caer.

»El tremendo grito que me había despertado fue lanzado por Bokapi al sentir la mano cortada.

»Conocí entonces la naturaleza negra.

»Si Bokapi había amado al mestizo, a mí me adoraba. Cuando pudo caminar y valerse, cuanta atención le sugería su imaginación para demostrarme su amor y gratitud la ponía en práctica. Si yo entraba en la choza, ella se ponía de rodillas y besaba el suelo que pisaba. Luego corría a ofrecerme licor de plátano, que sabía preparar, o solomillos de rata gigante, que se ingeniaba para atrapar. Cuando yo dormía, ella, de pie a mi lado, movía constantemente unas hojas de palma para renovar el aire en torno de mi rostro. Yo pensaba ahora que no me dedicaría a ser bandido ni intentaría robar el banco de mi proyecto. Viviría para siempre con Bokapi en la isla de Leben, y Bokapi trabajaría para mí, y yo no haría nada más que bañarme en las caletas y dormir en los arenales.

»Finalmente abandonamos la selva.

»El camino que algunas semanas antes habían abierto sus salvajes hermanos estaba borrado. Sin embargo, Bokapi se orientaba en la selva con naturalidad asombrosa. Tres días demoramos en llegar a los acantilados, y cuando estábamos por salir de la floresta entre cuyos claros se distinguían los cocoteros de los arenales, ocurrió lo imprevisto.

»Bokapi y yo caminábamos tranquilamente, cuando, de pronto, ella me apretó el brazo, deteniéndome.

»A cinco metros de nosotros, desenvolviendo sus pesados aros amarillos, irritada, nos miraba una boa. Su cabeza triangular se dirigía a nosotros con la lengua bífida ondulando de furor fuera de la escamosa boca.

»Me paralizó un frío mortal. No podíamos escapar. Íbamos a perecer los dos. Bokapi lo comprendió, se despidió de mí con una mirada y rápidamente se lanzó a la boa.

»¡Quién pudiera contar la inútil lucha de la negra con la boa! Yo vi cómo Bokapi, con su único brazo libre, intentó tomar la garganta de la boa; vi cómo los anillos de la terrible serpiente prensaban sus piernas y su pecho; vi cómo Bokapi clavó los dientes en el lomo de la boa con tan furiosa mordedura, que súbitamente la boa duplicó su presión. Y Bokapi ya no se movió.

»Entonces, a la vista de la playa, entré al bosque y me puse a llorar como una criatura. La selva era terrible.»

Odio desde la otra vida

Fernando sentía la incomodidad de la mirada del árabe que sentado a sus espaldas a una mesa de esterilla en el otro extremo de la terraza, no apartaba posiblemente la mirada de su nuca. Sin poderse contener se levantó y a riesgo de pasar por un demente a los ojos del otro, se detuvo frente a la mesa del marroquí y le dijo:

—Yo no le conozco a usted. ¿Por qué me está mirando?

El árabe se puso de pie y, después de saludarlo ritualmente le dijo:

—Señor, usted perdonará. Me he especializado en ciencias ocultas y soy un hombre sumamente sensible. Cuando yo estaba mirándole a la espalda era que estaba viendo sobre su cabeza una gran nube roja. Era el Crimen. Usted en estos momentos estaba pensando en matar a su novia.

Lo que decía el desconocido era cierto. Fernando había estado pensando en matar a su novia. El moro vio cómo el asombro se pintaba en el rostro de Fernando y le dijo:

—Siéntese. Me sentiré muy orgulloso de su compañía durante mucho tiempo.

Fernando se dejó caer melancólicamente en el sillón esterillado. Desde el bar de la terraza se distinguían, casi a sus pies, las murallas almenadas de la vieja dominación portuguesa; más allá de las almenas el espejo azul de agua de la bahía se extendía hasta el horizonte verdoso. Un transatlántico salía hacia Gibraltar por la calle de boyas, mientras que una voz morisca, lenta, acompañándose de un instrumento de cuerda, gañía una melodía sumamente triste y voluptuosa. Fernando sintió que un desaliento tremendo llovía sobre su corazón. A su lado, el caballero árabe, de gran turbante, finísima túnica y modales de señorita, reiteró:

—Estaba precisamente sobre su cabeza. Una nube roja de fatalidad. Luego, semejante a una flor venenosa, surgió la cabeza de su novia. Y ya vi repetidamente que usted pensaba matarla.

Fernando, sin darse cuenta de lo que hacía, movió la cabeza, confirmando lo que el desconocido le decía. El árabe continuó:

—Cuando desapareció la nube roja, vi una sala junto a una mesa dorada había dos sillones revestidos de terciopelo verde.

Fernando ahora pensó que no tenía nada de inverosímil que el árabe pudiera darle datos de la habitación que ocupaba Lucía, porque ésta miraba al jardín del hotel. Pero asintió con la cabeza. Estaba aturdido. Ya nada le parecía extraordinario ni terrible. El árabe continuó:

—Junto a usted estaba su novia con el tapado bajo el brazo —y acto seguido el misterioso oriental comenzó con un lápiz a dibujar en el mármol de la mesa el rostro de la muchacha.

Fernando miraba aparecer el rostro de la muchacha que tanto quería, sobre el mármol, y aquello le resultaba, en aquel extraño momento, sumamente natural. Quizá estaba viviendo un ensueño. Quizá estaba loco. Quizá el desconocido era un bribón que le había visto con Lucía por la Cashba. Pero lo que este granuja no podía saber era que él pensaba en aquel momento matar a Lucía.

El árabe prosiguió:

—Usted estaba sentado en el sillón de terciopelo verde mientras que ella le decía: «Tenemos que separarnos. Terminar esto. No podemos continuar así». Ella le dijo eso y usted no respondió una palabra. ¿Es cierto o no es cierto que ella le dijo eso?

Fernando asintió, mecanizado, con la cabeza. El árabe sacó del bolsillo una petaca, extrajo un cigarrillo, y dijo:

—Usted y Lucía se odian desde la otra vida.

—...

—Ustedes se vienen odiando a través de una infinita serie de reencarnaciones.

Fernando examinó el cobrizo perfil del hombre del turbante y luego fijó tristemente los ojos en el espejo azul de la bahía. El transatlántico había doblado el codo de las boyas, su penacho de humo se inmovilizaba en el espacio, y una tristeza tremenda le aplanaba sobre el sillón, mientras que el árabe, con una naturalidad terrorífica, proseguía:

—Usted quiere morir porque la ama y la odia. Pero el odio es entre ustedes más fuerte que el amor. Hace millares de años que ustedes se odian mortalmente. Y que se buscan para dañarse y desgarrarse. Ustedes aman el dolor que uno le inflige al otro, ustedes aman su odio porque ninguno de ustedes podría odiar más perfectamente a otra persona de la manera que recíprocamente se odian ya.

Todo ello era cierto. El hombre de la chilaba prosiguió:

—¿Quiere usted venir a mi casa? Le mostraré en el pasado el último crimen que medió entre usted y su novia. ¡Ah!, perdón por no haberme presentado. Me llamo Tell Aviv; soy doctor en ciencias ocultas.

Fernando comprendió que no tenía objeto resistirse a nada. Bribón o clarividente, el desconocido había penetrado hasta las raíces de su terrible problema. Golpeó el gong, y un muchachito morisco, descalzo, corrió sobre las esteras hacia la mesa, recibió el duro «assani», presto como un galgo le trajo el vuelto, y pronto Fernando se encontró bajo las techadas callejuelas caminando al lado de su misterioso compañero, que, a pesar de gastar una magnífica chilaba, no se recataba de pasar al lado de grasientas tiendas donde hervían pescado día y noche y puestos de té verde, donde en amontonamiento bestial se hacinaban piojosos campesinos. Finalmente llegaron a una casa arrinconada en un ángulo del barrio de Yama el Raisuli.

Tell Aviv levantó el pesado aldabón morisco y lo dejó caer; la puerta, claveteada como la de una fortaleza, se entreabrió lentamente y un negro del Nedjel apareció sombrío y semidesnudo. Se inclinó profundamente frente a su amo; la puerta, entonces, se abrió aún más, y Fernando cruzó un patio sombreado de limoneros con grandes tinajones de barro en los ángulos. Tell Aviv abrió una puerta y le invitó a entrar. Se encontraban ahora en un salón con un estrado al fondo cubierto de cojines. En el centro, una fontana desgranaba su vara de agua.

Fernando levantó la cabeza. El techo de la habitación, como el de los salones de la Alhambra, estaba abombado en bóveda. Ríos de constelaciones y de estrellas se cuajaban entre las nebulosas, y Tell Aviv, haciéndole sentar en un cojín, exclamó:

—Que la paz de Alá esté en tu corazón. Que la dulzura del Profeta aceite tu generosidad. Que tus entrañas se cubran de miel. Eres un hombre ecuánime y valiente. No has dudado de mi amistad.

Y como si estuvieran perdidos en una tienda del desierto, batió tan rudamente el gong que el negro, sobresaltado, apareció con un puñado de rosas amarillas olvidado entre las manos:

—Rakka, trae la pipa —y dirigiéndose a Fernando, aclaró—: Fumarás tu entrada en el plano astral. Se te hará visible la etapa de tu último encuentro con la que hoy es tu novia. La continuidad de vuestro odio.

Algunos minutos después Fernando sorbía el humo de una droga acre al paladar como una pulpa de tamarindo. Así de ácida y fácil. Su cuerpo se deslizó definitivamente sobre los cojines, mientras que su alma, diligentemente, se deslizaba a través de espesas murallas de tinieblas. A pesar de las tinieblas él sabía que se encaminaba hacia un paisaje claro y penetrante. Rápidamente se encontró en las orillas de una marisma, cargada de flexibles juncos. Fernando no estaba ni triste ni contento, pero observaba que todas las particularidades vegetales del paisaje tenían un relieve violento, una luminosidad expresiva, como si un árbol allí fuera dos veces más profundamente árbol que en la tierra.

Más allá de la marisma se extendía el mar. Un velero, con sus grandes lienzos rojos extendidos al viento, se alejaba insensiblemente. De pronto Fernando se detuvo sorprendido. Ahora estaba vestido al modo oriental, con un holgado albornoz de verticales rayas negras y amarillas. Se llevó la mano al cinto y allí tropezó con un pistolón de chispa.

Un pesado yatagán colgaba de su cinturón de cuero. Más allá la arena del desierto se extendía fresca hasta el ribazo de árboles de un bosque. Fernando se echó a caminar melancólicamente y pronto se encontró bajo la cúpula de los árboles de corteza lisa y dura y de otros que por un juego de luz parecían cubiertos por escamas de cobre oxidado.

Como Tell Aviv le había dicho, la paz estaba en él. No lejos se escuchaba el murmullo de un río. Continuó por el sendero, y una hora después, quizá menos, se encontró en la margen del río. El lecho estaba sembrado de peñascos y las aguas se quebraban en sus filos en flechas de cristal. Lo notable fue que, al volver la cabeza, vio un hermoso caballo ensillado, con una hermosa silla de cuero labrado. No se veía al dueño del caballo por ninguna parte. El caballo inmóvil, de pie junto al río, miraba melancólicamente pasar las aguas. Fernando se acercó. Un sobresalto de terror dejó rígido su cuerpo y rápidamente llevó la mano al alfanje. No lejos del caballo, sobre la arena, completamente dormida, se veía una boa constrictor. El vientre de la boa, cubierto de escamas negras y amarillas, aparecía repugnantemente deformado en una gran extensión. Por la boca de la boa salían los dos pies de un hombre. No había dudas ahora. El hombre que montaba el caballo, al llegar al río, desmontó posiblemente para beber, y cuando estaba inclinado de cara sobre el agua, probablemente la boa se dejó caer de la rama de un árbol sobre él, lo trituró entre sus anillos y después se lo tragó. ¡Vaya a saber cuántas horas hacía que el caballo esperaba que su amo saliera del interior del vientre de la boa!

Fernando examinó el filo de su yatagán —era reciente y tajante—, se aproximó a la boa, inmóvil en el amodorramiento de su digestión, y levantó el alfanje. El golpe fue tremendo. Cercenó no solo la cabeza del reptil, sino los dos pies del muerto. La boa decapitada se retorció violentamente.

Entonces Fernando, considerando el ataláje del caballo, pensó que el hombre que había sido devorado por la boa debía ser un creyente de calidad, cuya tumba no debía ser el vientre de un monstruo. Se acercó a la boa y le abrió el vientre. En su interior estaba el hombre muerto. Envuelto en un rico albornoz ensangrentado, con puñal de empuñadura de oro al cinto. Un bulto se marcaba sobre su cintura. Fernando rebuscó allí: era una talega de seda.

La abrió, y por la palma de su mano rodó una cascada de diamantes de diversos quilates. Fernando se alegró. Luego, ayudándose de su alfanje, trabajó durante algunas horas hasta que consiguió abrir una tumba, en la cual sepultó al infortunado desconocido.

Luego se dirigió a la ciudad, cuyas murallas se distinguían allá a lo lejos en el fondo de una curva que trazaba el río hacia las colinas del horizonte.

Su día había sido satisfactorio. No todos los hijos del Islam se encontraban con un caballo en la orilla de un río, un hombre dentro del vientre de una boa y una fortuna en piedras preciosas dentro de la escarcela del hombre. Alá y el Profeta evidentemente le protegían.

No estaban ya muy distantes, no, las murallas de la ciudad. Se distinguían sus macizas torres y los centinelas con las pasadas lanzas paseándose detrás de los merlones.

De pronto, por una de las puertas principales salió una cabalgata. Al frente de ella iba un hombre de venerable barba. El grupo cabalgaba en dirección de Fernando. Cuando el anciano se cruzó con Fernando, éste lo saludó llevándose reverentemente la mano a la frente. Como el anciano no le conocía, sujetó su potro, y entonces pudo observar la cabalgadura de Fernando, porque exclamó:

—Hermanos, hermanos, mirad el caballo de mi hijo.

Los hombres que acompañaban al anciano rodearon amenazadores a Fernando, y el anciano prosiguió:

—Ved, ved, su montura. Ved su nombre inscripto allí.

Recién Fernando se dio cuenta de que, efectivamente, en el ángulo de la montura estaba escrito en caracteres cúficos el posible nombre del muerto.

—Hijo de un perro, ¿de dónde has sacado tú ese caballo?

Fernando no atinaba a pronunciar palabra. Las evidencias lo acusaban. De pronto el anciano, que le revisaba y acababa de despojarle de su puñal y alfanje ensangrentado, exclamó:

—Hermanos..., hermanos..., ved la bolsa de diamantes que mi hijo llevaba a traficar...

Inútil fue que Fernando intentara explicarse. Los hombres cayeron con tal furor sobre él, y le golpearon tan reciamente, que en pocos minutos perdió el sentido. Cuando despertó, estaba en el fondo de una mazmorra oscura, adolorido.

Transcurrieron así algunas horas, de pronto la puerta crujió, dos esclavos negros le tomaron de los brazos y le amarraron con cadenitas de bronce las manos y los pies. Luego a latigazos le obligaron a subir los escalones de piedra de la mazmorra, a latigazos cruzó los negros corredores y después entró a un sendero enarenado. Su espalda y sus miembros estaban ensangrentados. Ahora yacía junto al cantero de un selvático jardín. Las palmas y los cedros recortaban el cielo celeste con sus abanicos y sus cúpulas; resonó un gong y dejaron de azotarle. El anciano que le había encontrado en las afueras de la ciudad apareció bajo la herradura de una puerta en compañía de una joven. Ella tenía descubierto el rostro. Fernando exclamó:

—Lucía, Lucía, soy inocente.

Era el rostro de Lucía, su novia. Pero en el sueño él se había olvidado de que estaba viviendo en otro siglo.

El anciano lo señaló a la joven, que era el doble de Lucía, y dijo:

—Hija mía: este hombre asesinó a tu hermano. Te lo entrego para que tomes cumplida venganza de él.

—Soy inocente —exclamó Fernando—. Le encontré en el vientre de una boa. Con los pies fuera de la boa. Lo sepulté piadosamente —y Fernando, a pesar de sus amarraduras, se arrodilló frente a «Lucía». Luego, con palabras febriles, le explicó aquel juego de la fatalidad. «Lucía», rodeada de sus eunucos, le observaba con una impaciente mirada de mujer fría y cruel, verdoso el tormentoso fondo de los ojos. Fernando, de rodillas frente a ella, en el jardín morisco, comprendía que aquella mirada hostil y feroz era la muralla donde se quebraban siempre sus palabras. «Lucía» lo dejó hablar, y luego, mirando a un eunuco, dijo:

—Afcha, échalo a los perros.

El esclavo corrió hasta el fondo del jardín, luego regresó con una traílla de siete mastines de ojos ensangrentados y humosas fauces. Fernando quiso incorporarse, escapar, gritar otra vez su inocencia.

De pronto sintió en el hombro la quemadura de una dentellada, un hocico húmedo rozó su mejilla, otros dientes se clavaron en sus piernas y... El negro de Nedjel le había alcanzado una taza de té, y sentado frente a él Tell Aviv dijo:

—¿No me reconoces? Yo soy el criado que en la otra vida llamé a los perros para hacerte despedazar.

Fernando se pasó la mano por los ojos. Luego murmuró:

—Todo esto es extraño e increíblemente verídico.

Tell Aviv continuó:

—Si tú quieres puedes matarla a Lucía. Entre ella y yo también hay una cuenta desde la otra vida.

—No. Volveríamos a crear una cuenta para la próxima otra vida.

Tell Aviv insistió:

—No te costará nada. Lo haré en obsequio a tu carácter generoso.

Fernando volvió a rehusar, y, sin saber por qué, le dijo:

—Eres más saludable que el limón y más sabroso que la miel pero no asesines a Lucía. Y ahora, que la paz de Alá esté en ti para siempre.

Y levantándose, salió.

Salió, pero una tranquilidad nueva estaba en el fondo de su corazón. Él no sabía si Tell Aviv era un granuja o un doctor en magia, pero lo único que él sabía era que debía apartarse para siempre de Lucía. Y aquella misma noche se metió en un tren que salía para Fez, de allí regresó a Casablanca y de Casablanca un día salió hacia Buenos Aires.

Aquí le encontré yo, y aquí me contó su historia epilogada con estas palabras:

—Si no me hubiera ido tan lejos creo que hubiera muerto a Lucía. Aquello de hacerme despedazar por los perros no tuvo nombre...

El hombre del turbante verde

A ningún hombre que hubiera viajado durante cierto tiempo por tierras del Islam podían quedarle dudas de que aquel desconocido que caminaba por el tortuoso callejón arrastrando sus babuchas amarillas era piadoso creyente. El turbante verde de los sacrificios adornaba la cabeza del forastero, indicando que su poseedor hacía muy poco tiempo había visitado la Ciudad Santa. Anillos de cobre y de plata, con grabados signos astrológicos destinados a defenderle de los malos espíritus y de aojamientos, cargaban sus dedos.

Abdalá el Susi, que así se llama nuestro peregrino del turbante verde terminó por detenerse bajo el alero de cedro labrado de un fortificado palacio, junto a una reja de barras de hierro anudadas en los cruces, tras la cual brillaba una celosía de madera laqueada de rojo. Junto a esta reja podía verse un cartelón, redactado simultáneamente en árabe y en francés:

Se entregarán 10.000 francos a toda persona que suministre datos que permitan detener a los contrabandistas de ametralladoras o explosivos.
EL ALTO COMISIONADO

No bien el piadoso Abdalá terminó de leer esta especie de bando, cuando al final de la calle resonaron los gritos de un pequeño vendedor de periódicos italiano:

—¡La renuncia de Djamil! ¡Mardan Bey, primer ministro! ¡La renuncia de Djamil! ¡Mardan Bey, primer ministro!

Abdalá el Susi movió, consternado, la cabeza. Pronto comenzaría el terror. Pronto chocarían nuevamente extremistas y moderados. Alejóse lentamente del cartelón, pegado junto a la celosía roja, diciéndose:

«No sería mal negocio pescar los 10.000 francos.» Evidentemente, alguien estaba sembrando la campaña siria de ametralladoras livianas, que el diablo sabía de dónde brotaban. Un consulado de Damasco no era ajeno a esta infiltración. Por su parte, él, Adbalá el Susi, no creía absolutamente en nada, ni en la peregrinación a La Meca, ni en los anillos astrológicos ni en el turbante verde. Las luchas de nacionalistas y moderados le resultaban una estupidez. No tenía finalidad cambiar de amo: Llegado el momento, todos golpeaban a la cabeza con la misma frialdad. Lo importante era vivir y vivir sin hacer nada, bajo ese hermoso cielo africano. Con 10.000 francos podían hacerse muchas cosas...

Nuevamente volvió la cabeza con disimulo. Nadie le seguía y ello le regocijó, porque su conciencia no estaba sumamente tranquila.

Su conciencia no se encontraba sumamente tranquila porque él había vivido en las más diversas regiones de África. Claro está que él no podía confesar desde el alto de un alminar cuáles eran los motivos que le indujeron hacía tres años a refugiarse en plena selva congolesa, donde muchos meses vivió penosamente, alimentándose con carne de elefante. Tampoco podía decir qué era lo que buscaba en los alrededores de Dahomey, donde se le vio atracarse como un miserable de horribles gusanos fritos o indigestarse de langosta seca en las puertas mismas de Fez, o pasearse como un cadí prevaricador por las calles de Túnez en un automóvil flamante.

Su existencia había sido variada y culposa. ¡Hasta llegó a ser miembro de una banda de ladrones de elefantes!

Ahora el decente turbante verde que adornaba su cabeza, la escrupulosamente limpia chilaba que con hacendosos pliegues revestía su flaco cuerpo, la renegrida barba que le caía sobre el pecho indicaban que Abdalá el Susi era un musulmán devoto, que no solo había cumplido con su peregrinación a La Meca, sino que también era muy probable que disfrutara de ciertas rentas.

Y efectivamente, las rentas de que Abdalá el Susi disfrutaba eran el producto de un robo de alhajas cometido en El Cairo, en perjuicio de una gorda y estúpida turista americana. Estas alhajas habían sido vendidas a un judío del ghetto de Tetuán; su propietaria no las encontraría jamás, mientras que él, Abdalá el Susi, con el producto de aquel robo podría aún vivir tres meses, sin necesidad de cometer ningún acto de violencia o astucia.

De pronto el tortuoso callejón se abrió como el tubo de un embudo en una plazuela, entoldado por el follaje de una vid. En el centro de este zoco se veía una fuente; el suelo, de puntiaguda piedra, estaba cubierto de sombras movedizas, y más allá, bajo un inmenso toldo amarillo, junto a un muro encalado, se abría la arcada de un café musulmán.

Sillas esterilladas invitaban a reposar. Siempre con paso grave llegó Adbalá el Susi hasta el toldo amarillo, y con respetable talante se instaló en un sillón, cruzándose de piernas. Encendió un cigarrillo y golpeó las manos. Un mofletudo muchacho con bombachas anaranjadas y un fez rojo, se detuvo frente a él; el Susi pidió café y luego comenzó a meditar.

Un imbécil, por ejemplo, se presentaría ahora mismo en la Alta Comisaría de Dimisch esh Sham para solicitar autorización al Alto Comisionado para descubrir a los contrabandistas, y los porteros y los covachuelistas de la Alta Comisaría, simultáneamente, en sus casas, en el café, en el mercado, dirían:

—Por fin se ha presentado un musulmán prudente que va a intentar descubrir a los contrabandistas de ametralladoras.

Y este musulmán prudente, como es lógico, antes de descubrir nada, moriría cualquier noche con el cuerpo hecho una criba de tiros y puñaladas. No, no, no. Abdalá el Susi no cometería ninguna de estas tonterías. Primero descubriría a los contrabandistas si podía y luego vería al Alto Comisionado.

El Susi echó, la mano al bolsillo interno de su chilaba y extrajo un periódico de la mañana.

«Es evidente —decía el articulista— que los contrabandistas se valen de un nuevo medio para sacar fuera de las murallas de la ciudad las ametralladoras y los proyectiles.

»Hasta ahora, inútilmente han sido registrados los automóviles, los ejes de los carros, las más mínimas cargas que transportaban los bueyes, los camellos, los mulos y los campesinos. Todo aquel que sale fuera de las puertas de Dimisch esh Sham llevando el más insignificante paquete en sus manos está seguro de ser registrado. Todas las viviendas cuyas ventanas se abrían sobre las murallas habían sido desalojadas, las casas clausuradas y las ventanas tapiadas. Sin embargo, de la ciudad continúan saliendo respetables cargas de proyectiles para ametralladoras no solo livianas, sino pesadas, que se distribuyen entre los bandidos de la campiña.»

Por supuesto, «los bandidos» eran los líderes nacionalistas extremistas, que luchaban activamente, organizando a los campesinos para la próxima revuelta.

Un gandul se detuvo en la boca del zoco junto mismo al arco de la fuente y comenzó a gritar:

—¡La renuncia de Djamil! ¡Mardan Bey, primer ministro!

Abdalá el Susi, parsimoniosamente, volvió a doblar el periódico en ocho dobleces y se lo guardó entre el pecho y la chilaba. Su mirada, cargada de melancólica dulzura, volvió a posarse, complacida, sobre el arco encalado que se abría sobre una callejuela techada y tan estrecha que parecía un túnel enfardado de sombras azules.

De pronto, en lo alto de un alminar revestido de azulejos amarillos y negros, se vio recortarse la silueta de un hombre. El hombre del alminar, apoyándose en el antepecho sobre el vacío, gritó:

—Dios es grande. Yo atestiguo que no hay más que un Dios. Yo atestiguo que Mahoma es el Profeta. Venid a la oración. Dios es grande y único.

Precipitadamente, Abdalá el Susi abandonó su cómodo sillón de esterilla y, cayendo sobre sus rodillas en las ásperas piedras, se inclinó en dirección hacia La Meca, con los brazos extendidos delante de su cabeza, mientras pensaba:

—Me disfrazaré de Taleb.

Algunos días después de estas pacientes meditaciones podíamos encontrar a Abdalá el Susi sentado sobre una esterilla a la sombra del arco de ladrillo que forma la puerta de Sab el Estha. Frente a él, en una pequeña mesa laqueada de rojo, se veían algunos coranes forrados de pieles teñidas de diferentes colores, y a otro costado algunos pliegos de pergamino auténtico, con pequeñas bolsas de cuero rojo encima.

—Llevad un versículo del Corán, que os libra de enfermedades, falsos testimonios, aojamiento, muerte de ganado...

De tanto en tanto un campesino se acerca a Abdalá el Susi, y Abdalá el Susi escribe en un pergamino, con gruesos caracteres, un versículo del Corán, lo introduce en la bolsa de cuero rojo y se lo entrega al campesino que deja caer algunos cobres sobre la mesa.

—No te apartes nunca de él —le dice el Susi—. Tu ganado se multiplicará.

Mientras habla, el Susi no pierde de vista ni una sola de las personas que entran o salen por la puerta de Bab el Estha.

Yuntas de bueyes y rebaños de carneros pasan frente a sus ojos, vendedores con los pellejos de cabra repletos de aceite, campesinas con pilastras de carbón amarradas por juncos a los sobacos, barberos que se dedican a sangrar. Al lado mismo de Abdalá el Susi se instala un freidor de buñuelos que, de tanto en tanto, frente a la asombrada mirada de los queseros y floristas, arroja por los aires todos los buñuelos que contiene una sartén y luego los recoge sin perder uno. El mismo Abdalá el Susi está asombrado de no recibir una salpicadura de la nauseabunda grasa que utiliza el tunecino.

Con las piernas cruzadas sobre su esterilla, grave el talante y pensativa la mirada, Abdalá el Susi ve llegar los camellos agobiados bajo tremendas cargas con grandes manchones de alquitrán en su piel, para defenderlos de la sarna; pasan los cadíes de las tribus, en visita de ceremonial al Alto Comisionado, revestidos por magníficos albornoces escarlatas.

Pero si es fácil la entrada por la puerta, la salida es difícil. Todo aquel que lleva un bulto, un paquete o una carga es revisado implacablemente por los soldados de capa azul. Inútiles son las protestas de los campesinos, de los turistas. Para registrar a las mujeres de éstos, en una garita tras la puerta de ladrillo hay dos empleadas de policía.

Un día, irónicamente, un soldado le dice a otro:

—Los contrabandistas van desnudos.

Y ambos se ríen de la guasada.

El que no se rió fue Abdalá el Susi.

Con la frente grave bajo su turbante verde, el ex ladrón de elefantes medita envuelto en las nubes de polvo que levanta el ganado al entrar.

Conoce a todos los bribones de los alrededores. Ha identificado al entregador de una banda de asaltantes. Ha reconocido a un estafador inglés que se pasea jactanciosamente con un bastón de bambú y un casco de corcho. Pero él no está allí para ocuparse de bagatelas.

La frase de los dos soldados de capa azul continúa girando en su cerebro: «Los contrabandistas van desnudos»: Claro que es una burla. Pero una burla que no carece de sentido común. Al único hombre a quien los soldados jamás registran, jamás miran, es al mendigo miserable, que con algunos harapos sobre sus riñones, mostrando los huesos bajo la piel amarillenta o llagada, pasa extendiendo su mano. El único hombre a quien los soldados no registran es al hombre desnudo. Al mendigo de los aduares, que con el belfo colgante, la mirada extraviada, sentado junto al suelo, pasa frente a todos, con la pobreza de su repulsiva desnudez a la vista de todos. Pero Abdalá el Susi no deja descansar su pensamiento.

Repite: «Los contrabandistas van desnudos». Porque es evidente que un hombre desnudo no puede ocultar una ametralladora, a menos que haya encontrado un procedimiento para tornar invisible la ametralladora, y este procedimiento no existe.

Pasan las yuntas de bueyes y los rebaños de moruecos, y las cabras saltarinas, y las carboneras del valle, y los campesinos de la vega, y los cadíes envueltos en sus magníficos albornoces escarlatas, con los bordes revestidos de una trencilla de oro, cantan los muezines a la hora eterna el pregón de la oración, y hace bailar el buñuelero sus buñuelos en la sartén, y Abdalá el Ladrón está allí, sentado sobre su polvorienta esterilla amarilla, repitiéndose por milésima vez.

—¿Cómo puede un hombre desnudo pasar de contrabando una ametralladora sin que se le descubra?

De pronto, el hombre del turbante verde levanta la vista. Es la tercera vez que, frente a sus ojos, pasa ese mendigo, desnudo casi, montado en un borriquillo que apenas se puede mantener en pie. El mendigo tiene la cabeza arrollada en un trapo, y los restos de un pantalón, y el pecho desnudo.

Siempre que este andrajoso entra por la mañana, sale por la tarde, acompañado de algún otro mendigo, tan haraposo como él, tan desnudo como él.

—Estos son los hombres que pueden llevar las ametralladoras de contrabando —le dice Abdalá al teniente francés, que, detenido frente a él, escucha su hipótesis.

—Verás —asegura Abdalá—. Esta tarde, antes de que cierren las puertas de la ciudad, ellos saldrán, los dos desnudos, montados en su borriquito con una ametralladora de contrabando. Y no te extrañes, teniente, si es una ametralladora pesada.

El teniente Levil se aleja de la puerta de Bab el Estha, sonriendo escépticamente. Pero no faltará a su palabra. Esta tarde, con algunos hombres, estará allí para hacerle el juego a ese endiablado sujeto del turbante verde.

Efectivamente, a la caída del Sol, el pordiosero que entró semidesnudo a la ciudad montado en un borriquillo, viene acompañado de otro mendigo, también semidesnudo, montado en un borriquillo.

Los dos vagabundos llevan sus pies arrastrando junto al suelo, el cuerpo inclinando sobre el cuello de sus borriquillos sarnosos, un harapo caído sobre la espalda.

El teniente Levil se acerca a Abdalá el Ladrón y le dice:

—Allí están tus hombres.

Entonces, Abdalá el Susi se incorpora de un salto, se acerca a uno de los dos pordioseros y de un puñetazo trata de derribarlo del borrico. El viejo que recibe el puñetazo de Abdalá no se cae del borrico, se inclina a un costado, y permanece allí inerte, mientras que el otro trata de escapar, pero es sujetado por los hombres del teniente Levil.

Entonces Abdalá el Susi le dice al teniente:

—Mira. Han atado a un muerto al borrico. Dentro del pecho del muerto viene oculta una ametralladora.

Y corriendo un andrajo muestra un largo corte en el pecho del cadáver robado.

El cazador de orquídeas

Djamil entró en mi camarote y me dijo: Señor, ya están apareciendo las primeras montañas.

Abandoné precipitadamente mi encierro y fui a apoyarme de codos en la borda. Las aguas estaban bravías y azules mientras que en el confín la línea de montañas de Madagascar parecía comunicarle al agua la frialdad de su sombra. Poco me imaginaba que dos días después me iba a encontrar en Tananarivo con mi primo Guillermo Emilio, y que desde ese encuentro me naciera la repugnancia que me estremece cada vez que oigo hablar de las orquídeas.

Efectivamente, dudo que en el reino vegetal exista un monstruo más hermoso y repelente que esta flor histérica, y tan caprichosa, que la veréis bajo la forma de un andrajo gris permanecer muerta durante meses y meses en el fondo de una caja, hasta que un día, bruscamente, se despierta, se despereza y comienza a reflorecer, coloreándose las tintas más vivas.

Yo ignoraba todas estas particularidades de la flor, hasta que tropecé con Guillermo Emilio, precisamente en Madagascar.

Creo haber dicho que Guillermo Emilio era cazador de orquídeas. Durante mucho tiempo se dedicó a esta cacería en el sur del Brasil; pero luego, hablendo la justicia pedido su extradición por no sé qué delito de estafa, de un gran salto compuesto de numerosos y misteriosos zigzags se trasladó a Colombia. En Colombia formó parte de una expedición inglesa que en el espacio de pocos meses cazó dos mil ejemplares de orquídeas en las boscosas montañas de Nueva Granada. La expedición estaba costosamente equipada, y cuando los ingleses llegaron a Bogotá, de los dos mil ejemplares les quedaban vivos únicamente dos. El resto, malignamente, se había marchitado, y el financiador de la empresa, un lustrabotas enriquecido, enloqueció de furor.

Completamente empobrecido, y además mal mirado por la policía, Guillermo Emilio emigró a México, donde pretende que él fue el primero que descubrió la especie que conocemos bajo el nombre de «orquídea del azafrán». No sé qué incidentes tuvo con un nativo —los mexicanos son gente violenta—, que Guillermo Emilio desapareció de México con la misma presteza que anteriormente salió de Río Grande, después de Natal, luego de

Bogotá y, finalmente, de Tampico. Algunos maldicientes susurraban que el primo Guillermo Emilio combinaba el robo con la caza, y yo no diré que sí ni que no, porque bien claro lo dicen las Sagradas Escrituras: «No juzguéis si no quieres ser juzgado».

Era él un hombre alto como un poste, de piernas largas, brazos largos, cara larga y fina y mucha alegría que gastar. Se le encontraba casi siempre vestido con un traje caqui, polainas y casco de explorador y un cuaderno bajo el brazo. En este cuaderno estaban pegados varios recortes de periódicos de provincia, donde se le veía junto a una planta de orquídeas acompañado de un grupo de indígenas sonrientes. Tal publicidad le permitió robar en muchas partes.

Este es el genio que yo me encontré una mañana de agosto en Tananarivo cuando semejante a un babieca abría los ojos como platos frente al disparatado palacio que ocupó la ex reina indígena Ranavalo. Este palacio lo construyó un francés aventurero que recaló en Madagascar huyendo de sus crueles deudores, y de quien me contaron extraordinarias anécdotas; pero dejémoslas para otro día.

Estaba, como digo, de pie, abriendo los ojos frente al palacio y rodeado de un grupo de cobrizas chiquillas con motas trenzadas y desparramadas, como los flecos de una alfombra, sobre su frente de chocolate. Por momentos miraba el palacio de la pobre Ranavalo, y si le volvía la espalda tropezaba con una multitud de robustos malgaches, que con la cabeza cargada de cestos de cañas pasaban hacia el mercado transportando sus plátanos. También pasaban rechinantes carros arrastrados por pequeños cebúes despojados de su rabo por una infección que permite salvar al buey sacrificando su cola. Yo conocía un chiste muy divertido respecto al buey y su cola, pero ahora no lo recuerdo. Adelante.

Mis proyectos eran variados. Uno consistía en marcharme a los arrozales de Ambohidratrimo, otro —y éste me seducía muy particularmente— en cruzar oblicuamente la isla partiendo de Tananarivo para el puerto de Majunga, y embarcarme allí para el archipiélago de las Comores. Ninguno de estos proyectos estaba determinado por la necesidad de los negocios, sino por el placer. De pronto escuché una gritería y vi a un viejo con casco de corcho que salió maldiciendo y riéndose a la puerta de su almacén, y al tiempo que maldecía y se reía, amenazaba con el puño la copa de un cocotero. Entonces, fijándome en donde señalaba el viejo, vi un mono con un gran cigarro encendido que se lo había robado. En el almacén ladero, un chino, con un blusón azul que le llegaba a los talones y una gran coleta, miraba al mono, que fumaba haciéndole amenazadoras señales.

—¡Tony! ¡Tú aquí, Tony!

¿Quién diablos me llamaba?

Me volví, y allí, para mi desgracia, estaba el primo Guillermo, con su traje caqui y el cuaderno debajo del brazo. Mientras cambiábamos las primeras preguntas yo pensaba en echarle escrupuloso candado a mi cartera. Sin embargo, me dejé persuadir, y Guillermo, tomándome de un brazo, exclamó en voz alta, tan alta, que creo que la pudo escuchar el chino del «fondak» frontero:

—Nunca entres al restaurante de un chino. Será un misterio para ti lo que te dé de comer.

Terminó mi primo de pronunciar estas palabras, se corrió una cortinilla de abalorios, y corpulento, con una barba despejada sobre su pecho y un turbante del razonable diámetro de una piedra de molino, apareció Taman. Arrastrando sus amarillas babuchas por el piso de madera, se aproximó a nuestra mesa, y Guillermo Emilio le dijo:

—Honorable Taman: te presentaré a un primo mío, perteneciente a una muy noble familia de América.

Taman me saludó al modo oriental; luego estrechó calurosamente mi mano y yo pensé si no había caído en una emboscada. Luego un chico tuerto, con una lamentable chilaba colgando de sus hombros y un fez rojo, depositó tres vasos de café sobre la mesa y el primo Guillermo me lo presentó:

—Es sabio y virtuoso como el ojo de Alá.

El pequeño tuerto me saludó lo mismo que su amo, y el primo Guillermo continuó:

—A ti puedo confiarme —miró en derredor cautelosamente—. Este prodigioso niño llamado Agib, ha descubierto la orquídea negra. Dice que de pétalo a pétalo la flor mide cerca de cuarenta centímetros.

—Y dónde descubrió ese prodigio?

—A ti puedo confiártelo. Es en el oeste del lago Itasy, sobre una falda del Tananarivo.

—¿Y por qué no la cazó él?

El tuerto, a quien su tío Taman encontraba sabio y virtuoso como el ojo de Alá, me respondió:

—Te diré señor. He oído decir en ese paraje que en el tronco mismo de la orquídea se oculta una venenosísima serpiente negra...

—El primo Guillermo masculló:

—¡Supersticiones! ¿No sabes acaso, que el perfume de las orquídeas ahuyenta a las serpientes?

—¿Y qué piensas hacer tú? —intervine yo, que a mi pesar comenzaba a sentirme interesado en la aventura.

—Contrataré a dos indígenas cargaremos el tronco en una angarilla y traeremos la orquídea aquí.

Taman el dueño del tabuco, que bebía su café silenciosamente, remató el diálogo con estas palabras, al tiempo que acariciaba la nuca de su sobrino:

—Este precioso niño no se equivoca nunca. Le aconseja un djim.

Finalmente, después de muchas conferencias, tratos y disputas, como se acostumbra en Oriente, Taman le alquiló al primo Guillermo Emilio su sobrino con las siguientes condiciones, de cuya puntual enumeración fui testigo:

TAMAN: Convenimos tú y yo en que no le pegarás al niño con el puño ni con un bastón.

GUILLERMO: Únicamente le pegaré cuando haga falta.

TAMAN: Pero ni con el puño ni con el bastón.

GUILLERMO: Pero sí podré utilizar una vara flexible.

TAMAN: Sí; podrás. Le darás, además, de comer suficientemente.

GUILLERMO: Sí.

TAMAN: Le dejarás dormir donde quiera, sin forzar su voluntad.

GUILLERMO: Sí; menos cuando esté de guardia.

TAMAN: No serás con él cruel ni autoritario.

GUILLERMO (impaciente): ¡No pretenderás que le trate como si fuera mi esposa preferida!

TAMAN: Bueno, bueno; te recomiendo a la alegría de mi vida, al hijo de mi hermana y a la preferencia de mis ojos.

Finalmente, una semana después, guiados por el tuerto Agib, salimos de Tananarivo en dirección al Norte. Dos malgaches, de pelo tan rizado que le formaba en torno de la cabeza una corona de flecos de alfombra, nos acompañaban como cargueros.

Primero cruzamos los arrabales y las aldeas vecinas, donde encontramos por todas partes, frente a sus cabañas de bambú y rafia, verdaderas colectividades de poltrones malgaches jugando al karatva, un juego muy parecido al nuestro que se conoce bajo el nombre de las damas, con la diferencia que ellos, en vez de tener trazado su tablero en una tabla, lo han pintado en un tronco de árbol.

Después dejamos detrás una larga caravana de cargadores de carbón, semidesnudos, andrajosos, algunos ya completamente ciegos, otros con larga barba blanca caída sobre el pecho desnudo rayado de costillas. Algunos se ayudaban para caminar con un báculo, y entre ellos venían jovencitas, y todos, sin distinción de edad, cargaban hasta cinco cestas redondas, puestas una encima de la otra, sobre la cabeza.

Cantaban una canción tristísima, y aunque el Sol se extendía sobre los próximos mambúes, aquella caravana de espectros negruzcos me sobrecogió, y la consideré de mal augurio para nuestra aventura.

Al caer la tarde alcanzamos los primeros bosques de ravenalas, plantas de bananos de hasta treinta metros de altura, con anchas hojas abiertas como abanicos. Indescriptibles gritos de monos acompañaban nuestra marcha. Nunca me imaginé que los monos pudieran conectar tan variadísimas sinfonías de chillidos, rugidos, lamentaciones, gritos, ronquidos, rebuznos y aullidos como los que estas bestias peludas, negruzcas, rojas y amarillentas componían desde sus alturas.

El «Ojo de Alá», como irreverentemente llamaba Taman a su sobrino Agib, se había humanizado. De tanto en tanto volvía la cabeza y le dirigía una sonrisa de señorita tímida a mi primo, que, implacable como un beduino, seguía adelante sin mirar a derecha ni izquierda, a no ser para lanzar una de esas malas palabras que hasta a las bestias de la selva las obligan a enmudecer. ¡Pobre Guillermo Emilio! ¡Si sabía él para qué se apresuraba!...

Al día siguiente ya cruzamos un bosque de ébanos; luego descendimos a un valle y al cruzar un río cenagoso un cocodrilo, que tenía la misma cabeza conformada que una corneta, atrapó por una pantorrilla a un carguero y se lo llevó aguas adentro, y pudimos ver cuando otro cocodrilo, precipitándose sobre él, le llevó un brazo. El agua se tiñó de rojo, y nosotros nos alejamos consternados. Quedaba ahora un solo cargador malgache, con cara de gato de cobre, y cuyas motas las mantenía constantemente peinadas en trencitas, que le caían sobre la frente como los flecos de una gualdrapa.

El tercer día de nuestra expedición subimos a la altura de unos montes, cuya planicie parecía de cristalización vidriada, piedra negra, resbaladiza como canto de botella. Abajo se veía el mar de la selva, y allá, muy lejos, el confín aguanoso del océano Índico. A pesar de que estábamos en verano, arriba hacía frío. Después de caminar trabajosamente durante dos horas por esta planicie cristalina oscura, pelada de toda vegetación, comenzamos el descenso hacia un valle arborescente, verde como si estuviera recortado en grandes paños de terciopelo verde cotorra. Un gran pájaro azul cruzó delante de nosotros chillando ásperamente, y comenzamos a bajar, pero pronto nos envolvió una nube de estaño; mascábamos agua, y cuando quisimos acordar, casi sin tiempo para refugiarnos debajo de un peñasco, estalló una tempestad terrible.

Verticales centellas conectaban el cielo y la tierra, torbellinos de agua rodaban en el espacio sus trombas de lluvia, y los truenos y la noche nos mantenían acurrucados bajo una roca. De pronto, aquel monstruoso techo de tinieblas se resquebrajó, y nuevamente apareció el cielo azul, con un Sol centelleante de alegría. Eran las dos de la tarde. Nos desnudamos y pusimos a secar nuestra ropa al Sol, y por primera vez desde la salida de Tananarivo oímos, el rugido corto, parecido al ladrido de un perro afónico. Era una pareja de panteras que andaba cazando cerca de nosotros. Cenamos varios puñados de arroz hervido en agua con un poco de aceite y bebimos abundantes cuencos de cacao.

Luego nos echamos a dormir. Al día siguiente alcanzaríamos el paraje donde florecía la orquídea negra.

Aborrezco los detalles superfluos. Aquel viernes, a las diez de la mañana estábamos a un paso de la orquídea negra. Ismaíl nos había guiado hasta un pequeño sendero rayado de troncos podridos de ravanalas y acacias. Este sendero estaba cerrado al fondo por un murallón de roca, pero cubierto también de una alfombra de musgo, y allí, al fondo, derribado sobre el roquedal, se veía un tronco podrido, tan deshecho, que no podía precisarse a qué especie vegetal pertenecía. Y de este tronco arrancaba un tallo, y al extremo de este tallo..., ¡jamás he visto nada tan maravilloso, ni aun pintado! Era una estrella de picos fruncidos, tallada en un tejido de terciopelo negro bordeado de un festón de oro. Del centro de este cáliz lánguido, inmenso como una sombrilla de geisha, surgía un bastón de plata espolvoreado de carbón y rosa.

Todos lanzamos un grito de admiración. Guillermo Emilio se aproximó, estudió el tronco, lo removió con una palanca muy fácilmente, sacó del bolsillo un puñado de monedas de plata, las repartió entre Agib y el carguero malgache y les dijo:

—Retírenla cuidadosamente. Si llegamos a Tananarivo con la flor completa, les daré el doble.

Armados de hachas y palancas Agib y el malgache comenzaron a separar el tronco de su base musgosa. Guillermo y yo dimos principio a la construcción de una angarilla de bambú provista de su correspondiente techo.

—Este ejemplar nos reportará 20.000 dólares, por lo menos —cuchicheaba Guillermo, mientras ataba las cañas.

Nunca escuché un grito de terror semejante. Salté hacia la orquídea, y allí, arriba del murallón, vi al niño musulmán con la cara cruzada por un látigo de aceite negro; de pronto este látigo de aceite negro cruzó el espacio, y ya no le vimos más. Un doble hilo de sangre corría por la mejilla de Agib.

Fue inútil cuanto hicimos. Cubierto de sudor sanguinolento, estremeciéndose continuamente, pocos minutos después moría Agib. Tenía razón. Una serpiente negra se ocultaba bajo el tronco de la orquídea.

Yo mentiría si dijera que la muerte del Ojo de Alá, como le llamábamos un poco burlonamente, nos importó. Estábamos envenenados de codicia. 20.000 dólares danzaban ahora en nuestra mente. El mismo malgache había salido de su apatía oriental, y dos horas después, no sin matar previamente una araña venenosa, gorda como un sapo, cargamos en la angarilla el tronco de la orquídea.

Y con esta preciosa carga, una semana después entrábamos al tabuco de Taman.

—Déjame a mí; yo le hablaré —dijo el primo Guillermo Emilio.

Recuerdo que Taman salió a nuestro encuentro sumamente pálido. Tenía ya noticia de la muerte del hijo de su hermana.

Pero me llamó la atención que no se dignó dirigir una sola mirada a la preciosa flor, cuyos festones de terciopelo y oro llenaban la mísera habitación revestida de tapices baratos y alfombras mezquinas, de un monstruoso prestigio de sueño chino. Nos miramos todos en silencio: luego Taman dijo:

—¿Dónde han dejado al hijo de mi hermana?

Creo que el primo Guillermo empleó cinco mil palabras para explicarle a Taman el final del Ojo de Alá. Mesándose la barba, lo cual es signo peligroso en un musulmán robusto, Taman escuchaba a Guillermo, y cuanto más profundo era el silencio de Taman, más impaciente y voluble era la cháchara de Guillermo. Y de pronto Taman, cuya exquisita educación no hacía esperar esta reacción de su parte, agarró un garrote, y levantándolo sobre la cabeza de Guillermo, dijo:

—¡Perro maldito! ¡Cómete esa orquídea!

—¡Taman —suplicó el primo Guillermo—, Taman, entiéndeme: ni tú, ni yo, ni él tuvo la culpa! En cuanto a comerme esa orquídea, no digas disparates. ¿Te comerías 20.000 dólares?

—¿Cómete esa orquídea, he dicho!

—Entendámonos, Taman: tu querido sobrino...

—¡Vas a comerte esa orquídea, perro!

El tono que esta vez empleó Taman para amenazar fue terrorífico. Que el primo Guillermo se percató de ello lo demuestra el hecho que sin ningún pudor se arrodilló delante de Taman, y tomándole la chilaba, le dijo:

—Escúchame, honorable hermano mío...

Una sombra de ferocidad cruzó el rostro de Taman. Guillermo Emilio vio esa sombra, y con infinita melancolía se dirigió a la angarilla donde la orquídea negra dejaba caer su picudo cáliz de terciopelo y oro.

—Taman, piensa...

—¡Come! —ladró Taman.

Entonces por primera y probablemente por última vez en mi vida he visto a un hombre comerse 20.000 dólares. El primo Guillermo desgarró la orquídea de su tronco, y con la misma desesperación de quien devora sus propias entrañas comenzó a morder y tragarse el suntuoso tejido de la flor.

Cuando Guillermo terminó de comerse el último pedacito de terciopelo y oro, Taman salió del tabuco en silencio, y Guillermo se desmayó.

Estuvo dos meses enfermo del estómago, y cuando creyeron que se había curado una peste curiosísima, manchas negras con borde bronceado, le comenzó a cubrir la piel en todas partes del cuerpo, y aunque varios médicos sospechan que es una afección nerviosa, ninguna autoridad sanitaria le permite al primo Guillermo abandonar la isla donde «se comió su fortuna».

Los bandidos de Uad-Djuari

Era siempre el mismo y no otro.

Cada vez que Arsenia y yo pasábamos por la plaza de Nejjarine, sentado bajo una linterna de bronce, calado al modo morisco que adorna a la fuentecilla del «fondak», veíamos a un niño musulmán de ocho o nueve años de edad, quien al divisarnos, se llevaba la mano al corazón y muy gentilísimamente nos saludaba:

—La paz.

Excuso decir que la plaza de Nejjarine no era tal plaza, sino un hediondísimo muladar, pavimentado con pavoroso canto rodado. En los corrales linderos trajinaban a todas horas campesinas de las cabilas lejanas, acomodando cargas de leña o de cereales en el lomo de sus burros prodigiosamente pequeños. Pero este rincón, a pesar de su extraordinaria suciedad, con su arco lobulado y un chorrito de agua escapando de la fuente bajo el farolón morisco, tenía tal fuerza poética, que muchas veces Arsenia y yo nos preguntábamos si al otro lado del groseramente tapiado arco no se encontraría el paraíso de Mahoma.

Y digo que teníamos tal impresión, porque Arsenia Spoil, estudiante de arquitectura, también estaba de acuerdo en que la belleza de aquel rincón estaba determinada por el farolón de bronce. Arsenia y yo nos habíamos conocido en el hotel Continental, donde nos alojábamos. Esta era la razón por la cual salíamos todas las tardes juntos. Sin embargo, muchos honorables devotos de Mahoma creían que éramos novios en viaje de bodas, y, naturalmente, sus ofertas iban siempre dirigidas a mí. Lo más notable del caso es que yo no estaba enamorado de Arsenia ni Arsenia pensaba en enredarse conmigo. Sin embargo, los que nos veían se decían:

—¡Qué felices parecen! ¡Cuánto deben quererse!

No estábamos enamorados. Tampoco sospechábamos que podíamos estarlo algún día. Hablábamos con entusiasmo y grandes gestos porque Fez nos entusiasmaba, porque en cada callejuela de la milenaria ciudad africana encontrábamos ardientes motivos de ensueño.

—La paz...

Era el maldito niño musulmán que nos saludaba correctamente. El pequeño, después de saludarnos, se sentó muy gravemente a la orilla de la fontana y se puso a mirar, con el gesto pudoroso de una niña, sus sandalias amarillas de piel de cabra que le colgaban de la punta de los pies desnudos. Se tocaba con un pequeño fez rojo, muy elegantemente ladeado a un costado de la cabeza, y una chilabita que era la mar de graciosa.

«¡Maldito sea el niño y su gracia!» —me decía yo.

El dichoso pequeñito, cada vez que nos veía, se llevaba la mano al corazón y nos saludaba ritualmente.

—La paz...

Arsenia estaba encantada con el chiquillo.

—¡Vea usted qué gracioso! —me decía—. ¡Qué bonito! ¡Qué educado!

Yo escuchaba esos elogios con el aire displicente del que de ninguna manera participa de ellos. El dichoso niño jamás se nos acercó como otros niños a ofrecernos ni guitarras de caparazón de tortuga (tortuga sintética fabricada en Alemania), ni carteras moriscas, bordadas a máquina en Cataluña, ni puñales con leyendas coránicas repujadas en las Vascongadas, ni servicios de fumar estampados en París. El niño, como un caballero, en cuanto nos veía se llevaba las manos a los labios, a la frente y al corazón, y de allí no pasaba.

Yo, que sin razón alguna me jactaba de conocer a los orientales mejor que Arsenia, le decía:

—El niño ése debe ser un granujilla de la peor especie. Me resulta cien veces más hipócrita que esos otros truhanes que le cargosean a uno ofreciéndole «recuerdos» apócrifos.

—No hable así de ese inocente —me respondía Arsenia, malhumorada. Y con gran fastidio de mi parte, le enviaba un beso al niño en la punta de sus dedos. Y el inocente nos seguía por la callejuela con la larga mirada de sus ojos aterciopelados.

—¿Dónde vivirá ese muchachito? —me preguntaba Arsenia.

—Supongo que en cualquier caverna...

—¿Por qué no le llama?...

—En fin..., si usted quiere...

—Sí... Llámelo...

¿Qué otro remedio me quedaba? Esa mañana, en cuanto llegamos al triángulo de Nejjarine, llamamos al niño. A nuestras preguntas respondió que se llamaba Abbul y que se ganaba la vida guiando a los turistas.

—¿A dónde guías tú a los turistas? —dijo Arsenia.

—A la Casa de la Gran Serpiente.

—¡La Casa de la Gran Serpiente! ¿Qué es eso?

—Pues, escúchame, señor, y verás —dijo el niño—. Mi padre, que es un excelente hombre de la cabila de Anyera, tiene una serpiente de once varas de largo metida en un pozo cubierto con una tapa de vidrio. Todos los días, a las diez de la mañana, la serpiente devora un cabrito vivo. Siempre hay forasteros y turistas que tienen curiosidad de ver cómo la Gran Serpiente se traga un cabrito vivo, y qué es lo que hace el cabrito en el fondo del pozo cuando ve que la Gran Serpiente se le acerca con la boca abierta...

Yo miré a mi amiga como diciéndole: «¿No le decía yo que este niño es un canallita de solemnidad?». Pero Arsenia ni se dignó mirarme... Inclinada sobre el niño que se miraba púdicamente la punta de las amarillas sandalias, dijo:

—¡Qué horrible! ¡Eso debe ser terrible!...

El pequeño Abbul se sonrió como una tímida colegiala, y respondió:

—La serpiente abre una boca espantosa y el cabrito llora en un rincón... Siempre la boca del pozo está rodeada de turistas...

—Es horrible —insistió Arsenia. Y acordándose de mirarme, dijo—: ¿Qué le parece si fuéramos?

—Vamos.

—Tú nos acompañas —le dije al niñito modosito como una colegiala. Y los tres nos pusimos en marcha, mientras que Arsenia, un poco histéricamente, se creía obligada a decirme:

—Yo creo que no voy a soportar eso: Creo que me voy a desmayar. Pero ¿será cierto, Abbul, que la serpiente tiene once varas de largo?

El niñito musulmán aseveró gravemente:

—Once varas. Puede tragarse a una oveja gorda, reventarlo a un caballo, dejarlo triste a un elefante.

—La policía no debiera permitir eso —dijo Arsenia. Y agregó estremeciéndose—: ¿Queda muy lejos de aquí?

—¡Oh no señora! —dijo el pequeño Abbul—. Cruzando el Uad-Djuari, en el camino de Fez a Taza.

—Si tomáramos un automóvil...

—No —replicó el niño—. En quince minutos de camino estaremos allí.

Entramos en un túnel que era una callejuela, cuyo torcido rumbo, techado de arcos de ladrillos estaba poblado de misteriosas figuras. Dejamos atrás la ensangrentada puerta de Bab Merod, en cuyas saeteras se exponían las cabezas de los ajusticiados. Nos detuvimos a beber unos refrescos en una choza de juncos a la entrada del cementerio de Bab Fetoh. Bajo un gigantesco árbol, de espesas hojas verdes, grupos de mujeres embozadas charlaban animadamente y bebían té verde que un esclavo negro preparaba allí a la orilla del socavón, en una cocinilla de bronce cargada sobre su espalda.

El niñito musulmán caminaba delante de nosotros, y Arsenia y yo, sumergidos en nuestros pensamientos, que giraban encantados alrededor del paisaje, nos alejamos insensiblemente de las murallas de la ciudad.

Poco después nos cruzamos con varios tuaregs arrebujados en el lomo de sus camellos, y de pronto nos encontramos frente a un puentecillo rústico, de troncos verdes que cruzaba el Uad-Djuari, río de las Perlas. La lonja de plata viva se perdía en la oscuridad ramosa de un bosquecillo próximo.

—¿Queda muy lejos?

—No —respondió el niño—; queda allí junto al molino de aceite.

Habíamos entrado en un camino completamente bloqueado de retorcidos olivos que, súbitamente, se trocó en un sendero áspero y salvaje. Arsenia tenía las mejillas ligeramente encendidas. El maldito niño caminaba ahora dando largas zancadas. De pronto, los cascos de un caballo resonaron a nuestras espaldas; nos volvimos y pudimos ver un grupo de moros que parecía brotar del olivar. No me quedó duda. Eran bandidos. Quise echar la mano al cinto, pero uno de aquellos vigorosos desalmados precipitó su caballo sobre mí; su mano derecha esgrimía un garrote; sentí el cálido aliento del potro en mi cuello, y si no me hubiera encogido a tiempo, creo que ese demonio me hubiera roto la cabeza de un estacazo. Levanté los brazos, y uno de los bandidos me despojó de mi revólver. Entonces el jefe del grupo me dijo que podía bajar los brazos.

El mocito musulmán, recatado y vergonzoso como una niña, había desaparecido.

Arsenia y yo nos mirábamos estupefactos. Comprendimos. Habíamos caído en una trampa. Estábamos secuestrados... ¡Secuestrados a las puertas de Fez!... ¡Qué horror! Acongojados emprendimos la marcha rodeados de aquella gavilla de ladrones, con renegrida barba encrespada en el mentón y cimitarra de dorada empuñadura al cinto.

¡Secuestrados a las mismas puertas de Fez! Parecía mentira.

Abría la marcha un bandido de larga lanza apoyada en el estribo de su potro. Por momentos, los beduinos se confidenciaban, acercando las cabezas protegidas por albornoces listados de brillantes colores. Yo había tomado del brazo a Arsenia, por cuyas mejillas encendidas rodaban lágrimas de terror. Pero no pensaba en ella. Pensaba en mí; pensaba que mi familia no pagaría ni un céntimo de rescate por mi persona. Luego me reproché mi egoísmo y me puse a pensar en la situación de Arsenia. Era quizás aún más desesperante que la mía en aquel país en que aún se compraban esclavas...

Finalmente, cruzando el boscoso aceitunal, llegamos a una choza cuya sólida puerta abrió un esclavo semidesnudo. Arsenia y yo entramos. El interior de nuestra prisión, en contraste con el miserable aspecto exterior, estaba decentemente aderezado. Finas esteras adornaban los muros. Sobre las alfombras del suelo estaban desparramados algunos almohadones, y en una pequeña mesa escarlata había una cajetilla de cigarrillos turcos.

Arsenia se dejó caer sobre un almohadón y comenzó a llorar silenciosamente. Yo me senté a su lado y traté de consolarla.

«—Querida Arsenia, no llore. Esta gente se limitará a pedir un rescate. Nada más. El que puede perder la cabeza en esta aventura soy yo, porque mi familia no pagará un céntimo, porque no lo tiene... Usted quédese tranquila... No tema...»

Arsenia encontró fuerzas para sonreír entre sus lágrimas, y dijo:

—¡Nunca, Alberto, nunca! Yo no lo abandonaré. Usted tenía razón. Ese niño...

—¡No me hable del niño, por favor!

Súbitamente se abrió la puerta y apareció el jefe de los bandidos. Con gran sorpresa de nuestra parte, este bribón era un francés de pequeña es-

112

tatura, calvo como un farmacéutico y con gafas cabalgando sobre una nariz sumamente respingada. Se detuvo en medio de la habitación y dijo:

—Señorita, caballero: tanto gusto.

Nos pusimos de pie. El jefe de los bandidos prosiguió en correcto francés:

—Señorita, caballero: entre las numerosas personas acomodadas que visitan Marruecos existe un 80 % que dice: «Lástima enorme que la civilización, la gendarmería, los jefes políticos, el protectorado y el ferrocarril hayan hecho desaparecer a los bandidos. Lástima enorme no vivir en la época en que uno se encontraba con una terrorífica aventura a la vuelta de cada zoco». Pues bien: yo y estos honrados creyentes que los han secuestrado a ustedes nos hemos dedicado a explotar la emoción del secuestro. Detenemos violentamente, como si fuéramos bandidos auténticos, a las personas que por su idiosincrasia nos parecen inclinadas a las ideas románticas, y luego las ponemos en libertad sin exigirles absolutamente nada a cambio de esa libertad que por un dramático momento creen haber perdido. Si los «secuestrados» gustan remunerarnos por el trabajo que nos hemos tomado para emocionarles y proporcionarles una aventura que podrán gustosamente narrar en su hogar, nosotros recibimos agradecidos lo que quieran regalarnos. Si no quieren remunerarnos, les deseamos igualmente feliz viaje y ponemos a su disposición el automóvil que para los turistas tiene la casa.

Y abriendo la puerta nos mostró un modernísimo «limousine» detenido a la puerta de la choza.

—¿De modo que ustedes no son bandidos? ¿De modo que podemos irnos?

—Así es, caballero... —el jefe de los bandidos echó la mano a su reloj, y agregó—: Van a ser las doce y media. A la una se almuerza en el hotel Continental...

¿Qué otra cosa podía hacer? Eché mano a mi bolsillo.

—¿Cuánto le debemos? —repliqué entre hosco y contento, pues no soñaba en salir tan fácilmente del paso.

Monsieur Lanterne, que así se llamaba el jefe de los bandidos, sonriose amablemente y dijo:

—200 francos... Una bagatela en moneda americana. Va incluido el viaje de vuelta en automóvil.

Al otro día, cuando pasamos con Arsenia por la plazuela de Nejjarine, sentado bajo el farolón de bronce de la fuente estaba el maldito y pudoroso niño del «fondak». Al vernos, bajó los ojos como una tímida colegiala, y como si no hubiera sucedido nada, dijo, llevándose la mano al corazón:

—La Paz...

«Ven, mi ama Zobeida quiere hablarte»

—¿Te llevaré a visitar el palacio de El Menobi?

—No.

—¿Y el palacio de Hach Idris ben-Yelul?

—No.

—¿No deseas conocer una joven de ojos de Luna y rostro de diamante?

—No.

—Por Alá —gimió el lameplatos—. ¿No quieres nada entonces?

Piter se irguió ligeramente ante el mármol de la mesa, miró indulgente al desarrapado belfudo que, con un fez ladeado sobre la rapada cabeza hacía un cuarto de hora que estaba allí importunándole, y le respondió:

—Sí, quiero que me dejes en paz.

El guía miró cavernosamente en rededor satisfecho de que en el Zoco Chico no se encontrara alguien que podía perjudicarle, y confió:

—Pues cuídate de ese hombrecillo que te acompañaba ayer. Le ha dicho a un mercader de mi amistad que has envenenado a tu mujer.

Piter miró cómo la magra silueta del guía se alejaba, perdiéndose tras los tumultos de bobalicones que se movían frente a la ochava del correo inglés.

¿De modo que la historia había corrido? Ahora se explicaba las significativas miradas de la criada del hotel, y la respetuosa aprensión del hotelero hacia sus maletas. No había sido suficiente abandonar El Havre. La absurda novela del envenenamiento de su mujer le había seguido hasta Tánger. Inútil que le absolvieran de la disparatada acusación. En la ciudad no creían en su inocencia. La muerte de su mujer volcó sobre su cabeza dificultades innumerables. Y lo más desdichado del caso es que él estaba seguro de que ella no había intentado suicidarse, sino componer una farsa dramática que se resolvió siniestramente por sí misma.

Buscando la paz, el médico dio un salto hasta Tánger. Sabía que los hombres de la costa no eran hipócritas como sus conciudadanos, pero a pesar de todo no resultaba agradable llevar a las espaldas semejante reputación. Y volvió a preguntarse si se quedaría en Tánger o marcharía a Casablanca o Fez, porque por el momento los señorones del Biti el-Mal no parecía que tuvieran intención de ocuparle. Sin embargo, algunos lo saludaban. Su historia debía andar en todas las bocas.

Piter no experimentó angustia. En aquella ciudadela amurallada, de calles tortuosas, de sinagogas sombrías, de mezquitas con ciegos en los pórticos y de freiduría de pescado, en cierto modo era ventajosa una mala reputación. En África, sin honradez, se puede llegar a alguna parte.

Un asno pequeño se detuvo junto a su mesa. Piter le acercó un terrón de azúcar al hocico. El animalito lo recogió alargando el belfo. De pronto apareció un campesino que espantó al jumento con grandes movimientos de brazos. Una muchedumbre cubierta de verticales colores cruzaba el zoco de ed-Dajel. Mujeres con pantalones y fumando largas boquillas. Funcionarios con turbante violeta, esclavos de piernas desnudas, aguateros con un odre suspendido a un costado, niños de tahona cargando una tabla con panes sobre la cabeza.

Una negra gigantesca como tres barriles encimados se detuvo brevemente a su lado. Tenía el rostro cubierto con un paño blanco. Le dijo al tiempo que se inclinaba como recogiendo algo del suelo:

—¿Tú eres el médico? Mi ama Zobeida quiere hablarte. Sígueme.

La negra se alejaba sin volver la cabeza. Piter comprendió que tras la invitación de la esclava se ocultaba una aventura de consecuencias. Dejando un real español en la mesa del bar, se lanzó en persecución de la mujer. Semejante a una fragata, la negra avanzaba por la empinada callejuela de los Plateros. Algunos mercaderes, sentados con las piernas cruzadas sobre cojines a la puerta de sus tenderetes, la saludaban conceptuosos. Al llegar a una fuente, la negra entró en un corredor enyesado de celeste. La noche caía rápidamente. La esclava, imperturbable como el destino, seguía su marcha a través del dédalo de pasadizos y Piter andaba tras ella como si en esto le fuera la vida.

Finalmente entraron en una callejuela resplandeciente. En cada portal un desarrapado freía pescado o vendía canela. La callejuela, techada con gruesos troncos de árboles, estaba cargada de una atmósfera de especias, de queso y cuero en fermentación.

Hombres de todas las tribus del Magrehb se arrimaban a los mostradorcillos. Las mezquitas mostraban tremendos pórticos donde hormigueaban los fieles; en una esquina dos juglares se batían con espadas de madera estimulados por una multitud de desarrapados. La negra desapareció en la curva de un pasadizo. Nuevamente se encontraba ahora bajo el cielo estrellado. En aquel corredor solitario se veían inmensas puertas claveteadas como la poterna de una fortaleza, y la esclava extrajo una llave de dos palmos de largo de debajo de su manto y se detuvo frente a una puerta. Piter, como si estuviera soñando, la siguió.

Se encontraban en un jardín. El aire estaba rayado por los negros troncos de las palmeras. Una gran fragancia de azahares lo llenaba todo. La esclava desapareció y de pronto, bajo el enyesado abierto al jardín, apareció Zobeida. La cabeza cubierta por un velo, la estatura sorprendente, el rostro de cutis oscuro, aniñado.

—¿Tú eres el médico? —susurró la mujer.

—Sí.

—Entra.

Piter se encontró en una habitación esterillada, el suelo alfombrado cubierto de almohadones. Pequeñas mesitas laqueadas de rojo ponían al alcance de la mano chucherías de bronce. El aire aromatizaba simultáneamente a sándalo, a jazmín, a incienso y azahar. Piter se sentía embriagado de una esencia misteriosa más sutil, que parecía flotar permanentemente bajo el volumen de los olores inmediatos. Espingardas de cañones niquelados y culatas con incrustaciones de nácar adornaban las panoplias de los muros. Zobeida le mostró un cojín y Piter se sentó al mismo tiempo que ella. La muchacha cogió un estuche de plata y le ofreció un bombón.

Tenía olor de almizcle, sabor de grasa, frialdad de menta. La muchacha se quedó mirándolo largamente, como si aquilatara sus malas virtudes. Luego:

—¿Tú eres el médico que envenenó a su mujer?

—¿Quién te ha dicho esa mentira? —replicó con suavidad Piter.

Zobeida sonrió. Lo examinaba con tremenda confianza.

—Eres hermoso como la buena suerte. ¿Te gustan las piedras preciosas?

Tomó un cofrecillo de marfil, hizo girar la llavecita, levantó la tapa. En un fondo aterciopelado centelleaban pequeños cristales azules, gemas de biseles amarillos, poliedros de agua.

Piter, completamente desinteresado del cofrecillo, pues no entendía de piedras preciosas, lo apartó suavemente.

—¿En qué puedo servirte?

Zobeida dejó la arqueta y con aquella inmensa intimidad que emanaba de su modo de ser, como si hiciera mucho tiempo que lo conociera a Piter y no dudara de su discreción en los tratos, dijo:

—Necesito un veneno bondadoso como una enfermedad.

—¿Qué harás con él?

—Dárselo a beber a mi marido.

—¿No te agrada tu marido?

—No.

—Yo no puedo darte veneno. Las leyes me lo prohíben. Además te descubrirían y te llevarían a la cárcel. O tu padre, para lavarse de la deshonra, se vería obligado a cortarte la cabeza.

Zobeida se rió.

—En Tánger ya no se corta la cabeza a las mujeres. Te daré un gran puñado de piedras.

—No me interesan las piedras. ¿Quién es tu marido?

—Sidi Fodil, el cambista del Zoco Chico.

—No le conozco.

—Es un mal hombre, de genio vivo. Tiene una joroba en la espalda y un turbante más grande que una piedra de molino en la cabeza.

—No le conozco.

—Ayúdame, tú que tienes la sabiduría. ¿No te soy agradable?

—Es inútil que me insistas, Zobeida.

Ella no se resignaba a no cumplir su deseo. Tomando una rodilla entre sus manos, busco otro rumbo.

—Embrújale, entonces.

—¿Que le embruje?

—Sí.

Piter iba a negarle la existencia del embrujo, pero pensó que su pretensión iba desencaminada. Ella no entendería sus razones. Fingió.

—¿Qué me darás si lo embrujo?

—Me casaré contigo. Tú me llevarás a Francia, y me enseñarás a leer y escribir como saben todas las francesas. Entonces podré salir a la calle sin cubrirme el rostro.

—¿Cómo sabes que soy médico?

—Se lo dijeron a Aischa en el ed-Dajel cuando tú pasaste la otra noche. Que te escapaste de tu país porque envenenaste a tu mujer.

Piter trató de mirar al fondo de aquellos ojos verdosos.

—¿Te gustaría casarte conmigo?

—Sí.

La negra entró en la habitación. Zobeida le dijo al médico:

—Aischa ha sido mi nodriza.

La esclava habló algunas palabras en árabe con su ama.

Zobeida se puso de pie.

—Tienes que irte. ¿Es cierto que embrujaras a Sidi Fodil?

—Sí. Mañana mismo.

—Bueno; ahora vete. Mañana, Aischa pasará por ed-Dajel a la hora de hoy. Síguela. No la hables. Y extendiendo sus brazos se colgó de su cuello y le besó las mejillas.

Cuando Piter escuchó que la puerta se cerraba tras él tuvo la impresión de que acababa de despertar de un sueño. Echó a caminar como si anduviera sobre un suelo de algodón. De pronto, de debajo de un arco se desprendió el guía que lo había importunado en el zoco. Como siempre, comenzó:

—¿Quieres visitar el palacio de Hach Idris ben-Yelul?

—No. Llévame al Zoco Chico.

Al día siguiente marchó hasta el zoco para conocer a Sidi Fodil. En el ed-Dajel no podían traficar simultáneamente dos mercaderes jorobados.

Comenzó a pasearse lentamente, cuando descubrió que un jorobadito, sumamente tieso en la puerta de su comercio, lo observaba. Gastaba, como le había dicho Zobeida, un turbante ridículo.

Piter continuó paseándose por la ancha calle que conducía a las murallas; luego, sin ningún propósito deliberado, volvió sobre sus pasos y se detuvo frente al comercio del prestamista; pero, al entornar disimuladamente los ojos, se encontró con que el jorobadito lo estaba mirando. Entonces, rápidamente, le mostró la lengua. El prestamista desencajó los ojos; pero Piter, divertido, volvió la cabeza con gravedad hacia otro lado, y el jorobadito se quedó mirando de reojo como si dudara de lo que realmente había visto. Así pasaron algunos minutos. Piter parecía estar aguardando a alguien. De pronto volvió la vista; el jorobadito estaba allí observándolo, y entonces otra vez le mostró un palmo de lengua.

El prestamista enrojeció de furor hasta la raíz de los cabellos, se enderezó hasta empinarse sobre la punta de los pies, pero luego, pensándolo mejor, resolvió no darse por aludido, y mientras gruesas gotas de sudor le bajaban por las sienes, aparentó mirar a su alrededor, como si no reparara en la existencia de Piter. Este, nuevamente grave, permaneció en la esquina. Sin embargo, la indignada curiosidad de Sidi Fodil llegó a ser más patente que su afán de indiferencia y antes que transcurriera un minuto estaba otra vez clavando la mirada en el médico, que llevándose rápidamente el dedo pulgar a la nariz movió los otros cuatro con el apicarado gesto del «pito catalán».

Una ráfaga de ira envolvió en su torbellino la jactanciosa alma del jorobadito. Olvidó su comercio y también la exigua estatura de su cuerpo. Rechinando los dientes, se lanzó a través de la calle, y en aquel mismo momento un gran grito de horror se escapó de los labios de Piter. Un automóvil cargado de turistas acababa de arrollar bajo sus ruedas al infeliz mercader.

Historia del señor Jefries y Nassin el Egipcio

No exagero si afirmo que voy a narrar una de las aventuras más extraordinarias que pueden haberle acontecido a un ser humano, y ese ser humano soy yo, Juan Jefries. Y también voy a contar por qué motivo desenterré un cadáver del cementerio de Tánger y por qué maté a Nassin el Egipcio, conocido de mucha gente por sus aficiones a la magia.

Historia ésta que ya había olvidado si no reactivara su recuerdo una película de Boris Karloff, titulada «La momia», que una noche vimos y comentamos con varios amigos.

Se entabló una discusión en torno de Boris Karloff y de la inverosimilitud del asunto del film, y a ese propósito yo recordé una terrible historia que me enganchó en Tánger a un drama oscuro y les sostuve a mis amigos que el argumento de «La momia» podía ser posible, y sin más, achacándosela a otro, les conté mi aventura, porque yo no podía, personalmente, enorgullecerme de haber asesinado a tiros a Nassin el Mago.

Todo aquello ocurrió a los pocos meses de haberme hecho cargo del consulado de Tánger.

Era, para entonces, un joven atolondrado, que ocultaba su atolondramiento bajo una capa de gravedad sumamente endeble.

La primera persona que se dio cuenta de ello fue Nassin el Egipcio.

Nassin el Mago vivía en la calle de los Ni-Ziaguin, y mercaba yerbas medicinales y tabaco. Es decir, el puesto de tabaco estaba al costado de la tienda, pero le pertenecía, así como el comercio de yerbas medicinales atendido por un negro gigantesco, cuya estatura inquietante disimulaba en el fondo oscuro del antro una transparente cortinilla de gasa roja.

Nassin el Egipcio era un hombre alto. Al estilo de sus compatriotas, mostraba una espalda anchurosa y una cintura de avispa. Se tocaba con un turbante de razonable diámetro y su rostro amarillo estaba picado de viruelas, mejor dicho, las viruelas parecían haberse ensañado particularmente con su nariz, lo que le daba un aspecto repugnante. Cuando estaba excitado o encolerizado, su voz se tornaba sibilante y sus ojos brillaban como los de un reptil. Como para contrarrestar estas condiciones negativas, sus modales eran seductores y su educación exquisita. No se alteraba jamás visiblemente; por el contrario, cuanto más colérico se sentía contra su interlocutor, más fina y sibilante se tornaba su voz y más brillaban sus ojos.

Él fue el hombre con quien mi desdichado destino me hizo trabar relaciones.

Me detuve una vez a comprar tabaco en su tienda; iba a marcharme porque nadie atendía el mostrador, cuando súbitamente asomó por encima de las cajas de tabaco la cabeza de reptil del egipcio. Al verle aparecer así, bruscamente, quedé alelado, como si hubiera puesto la mano sobre el nido de una cobra. El egipcio pareció darse cuenta del efecto que su súbita presencia causó sobre mi sensibilidad, porque cuando me marché «sentí» que él se me quedó mirando a la nuca, y aunque experimentaba una tentación violenta de volver la cabeza, no lo hice porque semejante acto hubiera sido confirmarle a Nassin su poder hipnótico sobre mí.

Sin embargo, al otro día volvió a repetirse el endiablado juego. Deseaba vencer ese complejo de timidez que nacía en mí en presencia del maldito egipcio. Violentando mi naturaleza, fui a comprar otra vez cigarrillos a la tienda de Nassin. Como de costumbre, no había nadie en el mostrador; iba a retirarme, cuando, como si la disparara un resorte fuera de una caja de sorpresas, apareció la cabeza de serpiente del egipcio.

Me entregó la cajetilla de tabaco saludándome con una exquisita inclinación, y yo me retiré sin atreverme a volver la cabeza entre la multitud que pasaba a mi lado, porque sabía que allá lejos, en el fondo de la calle, estaba el egipcio con la mirada clavada en mí.

Era aquella una situación extraña. Antes de terminar violentamente, debía complicarse. No me equivoqué. Una mañana me detuve frente al puesto de Nassin. Éste asomó bruscamente la cabeza por encima del mostrador. Como de costumbre, quedé paralizado. Nassin notó mi turbación, la parálisis de mi corazón, la palidez de mi rostro, y aprovechando aquel shock nervioso apoyó dulcemente sus manos entre mis manos y teniéndome así, como si yo fuera una tierna muchacha y no un robusto socio del Tánger Tenis Club, me dijo:

—¿No vendréis esta noche a tomar té conmigo? Os mostraré una curiosidad que os interesará extraordinariamente.

Le entregué las monedas que en justicia le correspondían por su tabaco, y sin responderle me retiré apresuradamente de su puesto. Estaba avergonzado, como si me hubieran sorprendido cometiendo una mala acción. Pero ¿qué podía hacer? Había caído bajo la autoridad secreta del egipcio.

No me convenía engañarme a mí mismo. Nassin el Mago era el único hombre sobre la tierra que podía ejercer sobre mí ese dominio invisible, avergonzador, torturante que se denomina «acción hipnótica». No me convenía huir de él, porque yo hubiera quedado humillado para toda la vida. Además, mi cargo de cónsul no me permitía abandonar Tánger a capricho. Tenía que quedarme allí y desafiar la cita del egipcio y vencerlo, además.

No me quedaba duda:

Nassin quería dominarme. Convertirme en un esclavo suyo. Para ello era indispensable que yo le obedeciera ciegamente, como si fuera un negro que él hubiera comprado a una caravana de árabes. Su invitación para que fuera a la noche a tomar té con él era la última formalidad que el egipcio cumplía para remachar la cadena con que me amarraría a su tremenda y misteriosa voluntad.

Impacientemente esperé durante todo el día que llegara la noche. Estaba angustiado e irritado, como si dos naturalezas opuestas entre sí combatieran en mí. Recuerdo que revisé cuidadosamente mi pistola automática y engrasé sus resortes. Iba a librar una lucha sin cuartel; Nassin me dominaría, y entonces yo caería a sus pies y besaría el suelo que él pisaba, o triunfaba yo y le hacía volar la cabeza en pedazos. Y para que, efectivamente, su cabeza pudiera volar en pedazos, recuerdo que llevé a lo de un herrero las balas de acero de mi pistola y las hice convertir en dum-dum. Quería ver volar en pedazos la cabeza de serpiente del egipcio.

A las diez de la noche puse en marcha mi automóvil, y después de dejar atrás la playa y las murallas de la época de la dominación portuguesa, me detuve frente a la tienda del egipcio. Como de costumbre, no estaba allí, pero de pronto su cabeza asomó tras el mostrador y sus ojos brillantes y fríos se quedaron mirándome inmóviles, mientras sus manos arrastrándose sobre los paquetes de tabaco, tomaban las mías. Se quedó mirándome, así, un instante, tal si yo fuera el principio y el fin de su vida; luego, precipitadamente abandonó el mostrador, abrió una portezuela, y haciéndome una inmensa inclinación, como si yo fuera el Comendador de los Creyentes, me hizo pasar al interior de la tienda; apartó una cortinilla dorada y me encontré en un pasadizo oscuro. Un negro gigantesco, más alto que una torre, ventrudo como una ballena, me tomó de una mano y me condujo hasta una sala. El negro era el que atendía la tienda de las hierbas medicinales.

Entré en la sala. El suelo estaba allí cubierto de tapices, cojines, almohadones, colchonetas. En un rincón humeaba un pebetero; me senté en un cojín y comencé a esperar.

Cuánto tiempo permanecí ensimismado, quizá por el efecto aromático de las hierbas que humeaban y se consumían en el pebetero, no lo sé. Al levantar los párpados sorprendí al egipcio sentado también frente a mí, en cuclillas. Me miraba en silencio, sin irritación ni malevolencia, pero era la suya una mirada fría, tan ultrajante por su misma frialdad que me producía rabiosos deseos de execrarle la cara con los más atroces insultos. Pero no abrí los labios y seguí con los ojos una señal de su dedo índice: me señalaba una bola de vidrio.

La bola de vidrio parecía alumbrada en su interior por un destello esférico que crecía insensiblemente a medida que se hacía más y más oscura la penumbra de la sala. Hubo un momento en que no vi más al egipcio ni a las espesas colgaduras de alrededor, sino la bola de vidrio, un vidrio que parecía plomo transparente, que se transformaba en una lámina de plata centelleante y única en la infinitud de un mundo negro. Y yo no tenía fuerzas para apartar los ojos de la bola de vidrio, hasta que de pronto tuve conciencia de que el egipcio me estaba transmitiendo un deseo claro y concreto:

«Ve al cementerio cristiano y tráeme el ataúd donde hoy fue sepultada una jovencita.»

Me puse de pie; el negro gigantesco se inclinó frente a mí al correr la cortina dorada que me permitía salir a la tabaquería, subí a mi automóvil, y, sin vacilar, me dirigí al cementerio.

¿Era una idea mía lo que yo creía un deseo de Nassin? ¿Estaba yo trastornado y atribuía al egipcio ciertas monstruosas fantasías que nacían de mí?

Los procedimientos de la magia negra son, a pesar de la incredulidad de los racionalistas, procesos de sugestión y de acrecentamiento de la propia ferocidad. Los magos son hombres de una crueldad ilimitada, y ejercen la magia para acrecentar en ellos la crueldad, porque la crueldad es el único goce efectivo que les es dado saborear sobre la tierra. Claro está; ningún mago puede poner en juego ni hacerse obedecer por fuerzas cósmicas.

«Ve al cementerio cristiano y tráeme el ataúd donde hoy fue sepultada una jovencita.» ¿Era aquélla una orden del mago o una sugestión nacida de mi desequilibrio?

Tendría la prueba muy pronto.

Encaminé mi automóvil hacia el cementerio cristiano. Era lunes, uno de los cuatro días de la semana que no es fiesta en Tánger, porque el viernes es el domingo musulmán; el sábado, el domingo judío, y el domingo el domingo cristiano.

Llegando frente al cementerio, detuve el automóvil parte de la muralla derribada hacía pocos días por un camión que había chocado allí; aparté unas tablas y, tomando una masa y un cortafrío de mi cajón de herramientas, comencé a vagar entre las tumbas. Dónde estaba sepultada la jovencita, yo no lo sabía; caminaba al azar hasta que de pronto sentí una voz que me murmuraba en mi oído:

«Aquí.»

Estaba frente a una bóveda cuya cancela forcé rápidamente. Derribé, valiéndome de mi maza, varias lápidas de mármol dejé al descubierto un ataúd. Sin vacilar, cargué el cajón fúnebre a mi espalda (fue un milagro que no me viera nadie, porque la Luna brillaba intensamente), y agobiado como un ganapán por el peso del ataúd, salí vacilante, lo deposité en mi automóvil y me dirigí nuevamente a casa del egipcio.

Voy a interrumpir mi relato con esta pregunta:

—¿Qué harían ustedes si un cliente les trajera a su noche, un muerto dentro de su ataúd?

Estoy seguro de que lo rechazarían con gestos airados, ¿no es así? De ningún modo permitirían ustedes que el cliente se introdujera en su hogar con el cadáver del desconocido.

Pues bien; cuando yo me detuve frente a la casa del mago egipcio, éste asomó a la puerta y, en vez de expulsarme, me recibió atentamente.

Era muy avanzada la noche, y no había peligro de que nadie nos viera. Apresuradamente el egipcio abrió las hojas de la puerta, y casi sin sentir sobre mí la tremenda carga del ataúd, deposité el cajón del muerto en el suelo y con un pañuelo, tranquilamente, me quedé enjugando el sudor de mi frente.

El egipcio volvió armado de una palanca, introdujo su cuña entre las juntas de la tapa y el cajón, y de pronto el ataúd entero crujió y la tapa saltó por los aires.

Cometida esta violación, el egipcio encendió un candelabro de tres brazos, cargado de tres cirios negros, los colocó sesgadamente en dirección a La Meca, y luego, revistiéndose de una estola negra bordada con signos jeroglíficos, con un cuchillo cortó la fina cubierta de estaño que cerraba el ataúd.

No pude contener mi curiosidad. Asomándome sobre su espalda, me incliné sobre el féretro y descubrí que «casualmente» yo había robado del cementerio un ataúd que contenía a una jovencita.

No me quedó ninguna duda:

El egipcio se dedicaba a la magia. Él era quien me había ordenado mentalmente que robara un cadáver. Vacilar era perderme para siempre. Eché mano al bolsillo, extraje la pistola, coloqué su cañón horizontalmente hacia la nuca de Nassin y apreté el disparador. La cabeza del egipcio voló en pedazos; su cuerpo, arrodillado y descabezado, vaciló un instante y luego se derrumbó.

Sin esperar más salí. Nadie se cruzó en mi camino.

Al día siguiente, al pasar frente a la tabaquería del egipcio, vi que estaba cerrada. Un cartelito pendía del muro:

«Cerrada porque Nassin el egipcio está de viaje.»

Libros a la carta

A la carta es un servicio especializado para
empresas,
librerías,
bibliotecas,
editoriales
y centros de enseñanza;
y permite confeccionar libros que, por su formato y concepción, sirven a los propósitos más específicos de estas instituciones.

Las empresas nos encargan ediciones personalizadas para marketing editorial o para regalos institucionales. Y los interesados solicitan, a título personal, ediciones antiguas, o no disponibles en el mercado; y las acompañan con notas y comentarios críticos.

Las ediciones tienen como apoyo un libro de estilo con todo tipo de referencias sobre los criterios de tratamiento tipográfico aplicados a nuestros libros que puede ser consultado en Linkgua-ediciones.com.

Linkgua edita por encargo diferentes versiones de una misma obra con distintos tratamientos ortotipográficos (actualizaciones de carácter divulgativo de un clásico, o versiones estrictamente fieles a la edición original de referencia).

Este servicio de ediciones a la carta le permitirá, si usted se dedica a la enseñanza, tener una forma de hacer pública su interpretación de un texto y, sobre una versión digitalizada «base», usted podrá introducir interpretaciones del texto fuente. Es un tópico que los profesores denuncien en clase los desmanes de una edición, o vayan comentando errores de interpretación de un texto y esta es una solución útil a esa necesidad del mundo académico.

Asimismo publicamos de manera sistemática, en un mismo catálogo, tesis doctorales y actas de congresos académicos, que son distribuidas a través de nuestra Web.

El servicio de «libros a la carta» funciona de dos formas.

1. Tenemos un fondo de libros digitalizados que usted puede personalizar en tiradas de al menos cinco ejemplares. Estas personalizaciones pueden ser de todo tipo: añadir notas de clase para uso de un grupo de estudiantes,

introducir logos corporativos para uso con fines de marketing empresarial, etc. etc.

2. Buscamos libros descatalogados de otras editoriales y los reeditamos en tiradas cortas a petición de un cliente.

Printed in Poland
by Amazon Fulfillment
Poland Sp. z o.o., Wrocław

69305485R00076